너와 나의 최후의 전장, 혹은 세계가 시작되는 성전 13

the War ends the world /
raises the world

"이 세상에서 가장 고상한 힘을 보여줄게."

미젤히비 히드라 네불리스 9세

Mizerhyby Hydra Nebulis IX

네불리스 3대 혈족 중 하나인 히드라 가문의 차기 여왕
후보인 왕녀. 『광휘』라는 특수한 성령의 소유자. 당주
탈리스만, 비소와즈와 함께 별의 중추로 향한다.

메이
May

『쏟아지는 폭풍우』란 별명을 가진 사도성 제3위.
총기를 잘 다루고, 매우 뛰어난 전투 능력을 가지고
있다. 강적인 키싱과 다시 싸울 날을 기대하고
있었는데…….

키싱 조아 네뷸리스 9세
Kissing Zoa Nebulis IX

네뷸리스의 3대 혈족 중 하나인 조아 가문의 비밀
병기. 「가시」의 성령을 지닌 순혈종. 이스카에게
항복하고, 원수인 일리티아를 토벌하기 위해 같이
싸울 것을 의뢰한다.

the War ends the world / raises the world

"──나는 잃어버리기는커녕,
처음부터 가지고 있지도 않았으니까."

이스카
Iska

제국군 제907부대 소속. 한때 사도성이었던 소년
검사. 다가올 미래에 대해 이스카는 자기 나름의
결의를 밝히는데──

앨리스리제 루 네뷸리스 9세
Aliceliese Lou Nebulis IX

네뷸리스 황청의 제2왕녀. 별에 숨어 있는
재액을 해치운 다음에 찾아올 성령술사의
미래를 상상하고──

너와 나의 최후의 전장, 혹은 세계가 시작되는 성전

the War ends the world /
raises the world

성전 13

커버 그림, 본문 일러스트 | 네코나베 아오

너와 나의 최후의 전장,
혹은 세계가 시작되는 성전 13

the War ends the world /
raises the world

So Se lu, Ec I nes flan-l-dizis.
당신의 세계는 춥고 어두워.

Be-lit E yum haul getis corna-Ye-xeo noi bie phia,
그곳에서 당신은 작은 불을 피우고 스러지지만.

hiz mis cia dia noi bie flow lef Ec girid.
당신의 광휘에 의지해 걸음을 떼는 자가 분명히 있을 거야.

앨리스리제 루 네뷸리스 9세
Aliceliese Lou Nebulis IX

네뷸리스 황청의 제2왕녀. 가장 유력한 차기 여왕 후보. 얼음을 다루는 최강 성령술사. 제국에서는 「빙화의 마녀」라고 불리는 공포의 대상. 황청 내부의 온갖 음모에 염증을 내고 있으며, 전장에서 만난 적국 검사인 이스카와의 정정당당한 싸움에 설렘을 느낀다.

린 뷔스포즈
Rin Vispose

앨리스의 시종. 흙의 성령 사용자. 가정부 같은 옷 아래에 암기를 숨기고 다니는 유능한 암살자. 평소에 무표정한 편이라서 무슨 생각을 하는지 알기 어려운데, 가슴 크기에는 열등감을 느끼는 듯하다.

시스벨 루 네뷸리스 9세
Sisbell Lou Nebulis IX

네뷸리스 황청의 제3왕녀. 앨리스리제의 여동생. 과거에 일어난 사건을 영상과 음성으로 재생하는 「등불」의 성령을 지녔다. 과거에 제국에 붙잡혔다가 이스카의 도움을 받았다.

가면 경 온
On

차기 여왕 자리를 놓고 루 가문과 경쟁하는 조아 가문의 일원. 속마음을 알 수 없는 책략가.

키싱 조아 네뷸리스
Kissing Zoa Nebulis

조아 가문의 비밀 병기. 강력한 성령술사. 「가시」의 성령을 지니고 있다.

미젤히비 히드라 네뷸리스 9세
Mizerhyby Hydra Nebulis IX

히드라 가문의 차기 여왕 후보인 왕녀. 『광휘』라는 특수한 성령의 소유자.

일리티아 루 네뷸리스 9세
Elletear Lou Nebulis IX

네뷸리스 황청의 제1왕녀. 대외 활동에 열중하느라 자주 왕궁을 비운다.

기 계 로 된 이 상 향
「천제국」

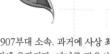

이스카
Iska

제국군 인류 방위기구, 기구 Ⅲ사(師) 제907부대 소속. 과거에 사상 최연소로
제국의 최고 전력 「사도성(使徒聖)」 자리에 올랐지만, 마녀를 탈옥시킨 죄로
그 자격을 박탈당했다. 성령술을 차단하는 흑강의 성검과, 마지막으로 벤
성령술을 딱 한 번 재현하는 백강의 성검을 가지고 있다. 평화를 위해 싸우는
올곧은 소년 검사.

미스미스 클라스
Mismis Klass

제907부대 대장. 얼굴이 엄청나게 앳되어서 청소년처럼 보여도 실은 어엿한
성인 여성. 덜렁이지만 책임감이 강하고, 부하들에게도 신뢰를 받고 있다.
볼텍스에 빠지는 바람에 마녀로 변했다.

진 슐라건
Jhin Syulargun

제907부대 저격수. 귀신같은 저격 솜씨를 자랑한다. 이스카와 같은 스승님
밑에서 동문수학한 질긴 인연의 소유자. 성격은 차갑고 냉소적이지만, 동료를
아끼는 마음은 뜨겁다.

네네 알카스토네
Nene Alkastone

제907부대 기계 기술자. 천재 병기 개발자. 아득히 높은 곳에서 철갑탄을 발사
하는 위성 병기를 조종한다. 실은 이스카를 친오빠처럼 잘 따르는 천진난만
하고 사랑스러운 소녀.

리샤 인 엠파이어
Risya In Empire

사도성 제5위. 통칭 「만능 천재」. 검은 테 안경을 쓰고 양복을 입은 미녀. 학교
동기인 미스미스를 마음에 들어 한다.

the War ends the world / raises the world

CONTENTS

Prologue.1

『달은 끝이다』

the War ends the world /
raises the world

성당의 종이 울리는 것처럼 그 한마디가 몇 번이나 머릿속에 메아리쳤다.

"……거짓말이지?"

샤놀로테 그레고리.

타고난 체구와 강력한 성령을 활용하기 위해서 가장 힘들다고 하는 제국군 잠입 공작에 자원했고. 오랜 세월에 걸쳐 제국군의 정보를 훔쳐낸 첩보원이었다.

그런 샤놀로테의 눈앞에서——.

조아의 정예병들이 줄줄이 제국군한테 끌려가고 있었다.

아무도 꼼짝도 안 했다.

숨이 끊어졌는지, 아니면 기절한 것인지 확실하진 않았지만.

양복을 입은 회사원으로 변장한 열 명도 넘는 동지들이, 아무런 저항도 없이 제국군의 수송기에 차례차례 실리고 있었다.

포로로서.

……어떻게 된 거야?

……나와 여기서 합류하기로 했잖아! 동료들에게 무슨 일이 일어난 거지?!

제국령 제8국경 검문소.

이 검문소를 통과해서 제도로 갈 예정이었다.

그런데 자신이 도착했을 때는 이미 그들은 제국군의 포로가 되어 있었다.

그중에는 금속제 가면으로 얼굴을 가린 남자의 모습도 있었다.

가면 경 온.

조아의 당주 대리인이자 이 제국 침공의 중심이었던 남자. 그마저도 제국군한테 잡혀서 포로가 되어 운반되고 있었다.

단 한 사람——.

조아의 비장의 카드인 키싱 왕녀의 모습만은 보이지 않았다. 하지만 이 상황에서 키싱 혼자만 무사히 도망쳤다고 생각하기는 어려웠다.

"……무슨 일이…… 있었던 거야…….”

제8 국경 검문소 입구.

그곳의 수풀 속에서 상황을 살펴보는 것도 슬슬 한계였다. 충격이 너무 커서 무릎에 경련이 일어났다. 자력으로 계속 서 있는 것조차 불가능했다. 샤놀로테는 거의 무기력하게 털썩 주저앉았다.

"……우리가…… 졌어……?"

무너져 간다.

네뷸리스 황청 3대 왕가 중 하나인 「조아(달)」에 대한, 절대적인 충성과 신뢰가 마치 나무 탑처럼 와르르 소리를 내며 무너진 순간이었다.

졌다.

무슨 일이 일어났는지는 이제 와서 알 수도 없지만, 어쨌든 조아는 제국군한테 패배한 것이리라.

가장 증오스러운 원수한테.

"……………………."

눈앞의 광경이 점차 흐려졌다.

그리고.

"……아, 하하……."

입술에서 흘러나온 것은 메마른 자조의 웃음소리였다.

"……정말 바보 같아…… 그동안 내가 했던 것은, 도대체 뭔데……? 구역질 나는 것을 꾹 참고 제국 사람으로 변장해서, 제국 병사로서 스파이 노릇까지 했는데…… 난 그렇게 최선을 다했잖아."

자신이 할 수 있는 일은 다 했다.

——황청 사람이면서도 증오스러운 제국에서 계속 살았다.

——우리 같은 성령술사를 「마녀」라고 부르면서 멸시하는 제국 사람인 척했다.

그 고행을 끝까지 견뎌냈다.

뮈드르 협곡에서 볼텍스(성맥 분출천) 쟁탈전이 일어났을 때도.

제국군 대장으로서 선발대에 들어가 제국군의 동향을 조아한테 계속 알려줬다. 그런 위험한 임무를 꾹 참고 수행했던 것도 오직 조아에 대한 충성심 때문이었는데.

그 고생이 물거품이 되었다.

"……좋겠네. 제국군은."

큭큭 하고 소리 죽여 웃었다.

샤놀로테의 시선 끝에서는 조아의 정예병들을 다 실은 제국 부대가 수송기를 타고 차례차례 날아가고 있었다.

"제국군도, 이러니저러니 해도 결국 조아 왕가보다 더 우수했다는 뜻이구나……."

전부 다 용서할 수 없었다.

제국군도 그렇지만, 그 제국군한테 무력하게 패배한 조아의 상층부도 용서할 수 없었다.

이것이 바로 자신의 실수였다.

조아를 위해 이 한 몸을 희생하면서 최선을 다하면, 조아가 반드시 제국에 보복을 해줄 거라고 믿었다. 그러나 실제로는 보복을 앞두고 이렇게 전멸했다.

——왕가도, 순혈종도.

——전부 다 믿을 만한 가치가 없는 것이었다.

그놈들은 안 된다.

어차피 왕가란 것은 운 좋게 강력한 성령을 가지고 태어났을 뿐이다. 전투 능력은 완전히 형편없었다. 굳이 그들의 부하가 될 이유가 없었던 것이다.

"······이제는 그냥 나 혼자 해버릴까."

샤놀로테는 무릎을 짚고 수풀 속에서 천천히 몸을 일으켰다.

제국군은 떠났다.

현장 검증을 하는 사람들 몇 명은 남았지만, 이 정도 인원수라면 허점을 노려서 국경 검문소를 통과하기는 쉬울 것이다.

자, 가자.

나 혼자. 제국으로.

"자, 그러면. 누구를~ 길동무로 삼아줄까······."

네뷸리스 왕가에 대한 충성심은 사라졌어도.

제국에 대한 복수심은 사라지지 않는다.

Prologue.2

『저의 모든 가시를』

the War ends the world /
raises the world

환상적이다.

그렇게 표현할 만한 광경이었다.

검은 머리 소녀가 달빛을 받아 어렴풋이 모습을 드러낸 그 광경은——.

가련하고도 덧없어 보여서. 그 자체로서 한 폭의 그림의 모티프가 될 정도로 환상적이라고 할 수 있었다.

그런데.

소녀는 양손과 양발을 바닥에 대고 무릎을 꿇었다.

"항복하겠습니다."

그 모습을——.

이스카는 반쯤 넋이 나간 눈빛으로 내려다보고 있었다.

손에는 성검을 쥔 채.

왜냐하면 자신은 방금까지 이 소녀와 싸우고 있었기 때문이다.

"당신의 능력에 대한 확신을 얻고 싶었습니다. 무례한 짓을 해서 죄송합니다."

무릎 꿇은 소녀가 이야기를 계속했다.

그것은 본디 이 소녀에게는 분해서 죽을 정도로 심한 굴욕일 것이다.

자신은 제국 병사.

그리고 이 소녀는 네뷸리스 황청의 왕녀였다.

키싱 조아 네뷸리스 9세——.

황청의 왕녀가 제국 병사 앞에서 고개를 숙인다. 그것이 얼마나 큰 고통을 수반하는 행위인지는 쉽게 상상할 수 있었으므로, 이것이 연극이 아니란 것도 알 수 있었다.

"마녀 일리티아를 저와 함께 쓰러뜨려주세요. 저의 모든 가시를 드릴 테니."

가시의 순혈종 키싱.

이 소녀가 조종하는 수천 개나 되는 진보라색 가시들이 우수수 바닥에 떨어졌다. 그 가시 하나하나가 실은 모든 물질을 소거하는 흉악하기 짝이 없는 성령술이었다.

실제로——.

이 제국군 연습장은 키싱의 가시에 의해 모든 벽이 구멍투성이가 되어 있었다.

"…………."

"…………."

침묵.

검은 머리 소녀는 고개를 숙인 채 꼼짝도 하지 않았다.

그리고 이스카도 이 상황에서 순간적으로 무슨 말을 하면 좋을지 알 수 없었다.

마녀는 제국 병사의 대답을 기다렸고——.

제국 병사는 마녀에게 해줄 대답을 찾지 못해 머뭇거렸는데.

"야, 이스카!"

그때 한없이 밝은 목소리가 고요한 연습장에 울려 퍼졌다.

이어서 발소리가 났다.

달이 살짝 보이는 벽의 큰 구멍. 그곳으로 야성미 넘치는 여자 병사가 뛰어 들어왔다.

"……메이 씨?"

"마녀 아가씨가 날뛰기 시작했다면서?! 어휴. 내가 이 순간을 얼마나 기다렸는데!"

사도성 제3위 『쏟아지는 폭풍우』메이.

난잡한 긴 머리카락과 구릿빛 피부. 전투복 밖으로 튀어나온 팔뚝은 강철처럼 단단했고, 어쩐지 고양잇과 대형 육식동물을 연상시키는 모습이었다.

그런 메이가 눈을 형형하게 빛내면서 말했다.

"낮에 취조할 때는 내숭 떨면서 얌전하게 굴었나 본데, 드디어 본성을 드러냈구나. 좋아, 아가씨. 이번에야말로 네 숨통을…… 으응?"

메이가 어리둥절하여 눈을 깜빡거렸다.

드디어 눈치챈 걸까. 무저항으로 무릎 꿇고 있는 키싱의 모습을 인식했나 보다.

"응? 뭐야, 나는 분명히 검은 머리 마녀가 탈주해서 날뛰고 있다는 이야기를 들었는데? 이스카야, 네가 애를 두들겨 패서 납작 엎드리게 만든 거냐?"

"아뇨, 그게……."

실은 자신도 허둥지둥 달려온 입장이었다.

가시의 순혈종 키싱이 날뛰고 있다. 그렇다면 제국군 기지에 엄청난 피해가 발생할 것이다. 그렇게 생각해서 달려와 봤더니——.

"이 아이가 날뛰었던 이유는, 제 실력을 시험하기 위해서였나 봐요……."

"뭐?"

"메이 씨가 달려와 줘서 마음 든든하고 고마운데요…… 저…… 보다시피 상대는 전면적으로 항복했고요. 싸울 마음은 없는 것 같아요."

"내가 이렇게 맘먹고 달려왔는데?!"

아아—— 하고 메이는 크게 탄식했다.

무엇을 숨기랴. 이 메이와 키싱 사이에는 특별한 인연이 있었다. 서로 죽이려고 했던 인연이.

"저는 키싱 조아 네뷸리스 9세라고 합니다."

"가르쳐줄게. 내 별명이 『쏟아지는 폭풍우』인 이유를."

제국군의 네뷸리스 왕궁 습격 작전 당시.

달의 탑을 습격한 메이와 사투를 벌였던 사람이 바로 키싱이었다. 그래서 메이도 다시 싸울 것을 확신하고 달려온 거겠지만.

"……허— 재미없네."

메이가 허탈하게 하늘을 우러러봤다.

마녀 키싱은 무저항.

그런 사람에게 총구를 들이대는 것은 아무래도 내키지 않는 듯했다.

"아, 그래그래, 빨리 해. 난 여기서 보고 있을 테니까 이스카야, 네가 체포해."

돌무더기 위에 걸터앉은 메이가 그렇게 재촉했다.

그러나,

자신은 이 소녀를 포박하기 전에 우선 물어봐야 할 것이 있었다.

"키싱. **왜 하필 나야?**"

"!"

고개를 숙이고 있던 검은 머리 소녀가 움찔했다.

"조아의 부대가 제국에 쳐들어올 계획이었다. 시조가 눈을 뜬 이 타이밍을 이용해서. 그런데 일리티아와 딱 마주치는 바람에 전멸했다……. 일리티아에게 복수하고 싶은 것은 그렇다 치고, 왜 하필 나야?"

"_____."

"조아 왕가도 황청에 남아 있을 텐데. 그런데 왜 제국 병사인 나를 선택한 거야?"

고개 숙인 소녀에게 물었다.

그 점에 관해 납득할 만한 대답이 나오지 않는다면, 자신도 그리 간단히 응해줄 수는 없었다.

"저는."

달의 왕녀가 소리를 냈다.

"일리티아의 성령술을 봤습니다."

"……뭐라고?"

"그 마녀의 성령술은 아무도 모를 겁니다. 오직 저만이, 숙부님이 감싸주신 덕분에 그 공격 범위 밖으로 도망칠 수 있었습니다."

"──오. 그 이야기는 궁금한데."

침묵을 지키던 메이가 느리게 움직였다.

턱을 괸 자세 그대로 고개를 들고 위험한 눈빛으로 키싱을 쳐다봤다.

"그건 그러니까, 그거지? 이 기지에서 내 부하가 픽픽 쓰러져 의식을 잃었거든. 목격자가 없는 성령술이잖아? 그걸 아가씨가 안다고?"

"음성."

"응?"

"일리티아 루 네뷸리스가 가지고 있는 성령은 『음성』. 그런데 그 여자는 자신의 성령이 『노래』로 진화했다고 말했습니다.”

"세계 최후의 마녀의 노래(주문).”
"별의 레퀴엠(진혼가)을 들려줄게.”

“노래?! 노래를 들어서 **그렇게 됐다고**?!”
“네.”
키싱의 대답은 빨랐다.
“노랫소리를 들은 사람들이 잇따라 쓰러졌습니다. ……숙부님
도. 저는 그것을 막을 수단을 찾지 못했습니다. 가시로도 막을 수
없었고, 성령의 자동 방어도 작동할 기미가 보이지 않았습니다.
그 노래는 모든 것을 통과하는 겁니다.”
“……통과한다고?”
그 순가 등골이 오싹해졌다.
강철 셔터로 차단하거나 거대한 요새 속에 숨어도, 그 성령술
의 사정거리 안에 있는 한 절대로 막을 수 없다는 뜻인가?
……그게 사실이라면 「상대가 사용하는 순간 게임 끝」이 아닌가.
……막을 방법이 없다.
제국군의 방어 시스템도——.
황청의 온갖 성령술도 다 무시하고 침투하는 것이다. 그것도
엄청나게 광범위하게.
“하지만.”

달의 왕녀가 고개를 들었다.

양손과 양발을 바닥에 댄 채 간절한 눈빛으로 이쪽을 쳐다봤다.

"당신과 그 검이라면, **일리티아의 노래를 벨 수 있다**고 생각했습니다."

"……알았어."

그 한마디를 듣고 납득했다.

왜 하필 자신인가. 달의 왕녀가 완전한 항복이라는 고통을 각오하면서까지 제국에 투항하기로 결심한 이유.

그것은 진짜 마녀 일리티아가 이 성검만은 두려워했기 때문이다.

"아아, 아파."

"나의 천적은 순도 높은 성령 에너지. 그중에서도 최고인 것이 성검——."

"키싱 조아 네뷸리스 9세는 제국에 투항합니다. 저는——."

소녀가 다시 고개를 숙였다.

작은 이마를 차가운 바닥에 딱 붙이고, 떨리는 목소리로 말했다.

"그 마녀를 용서하지 않을 겁니다."

Chapter.1

『그것은 이제 막
사귀기 시작한 연인 같아서』

the War ends the world /
raises the world

1

제국은 네뷸리스 황청의 왕녀 키싱의 항복을 받아들였다.

본인의 자발적인 진술, 그리고 어젯밤 탈주 당시 직접적인 전투 의사를 드러내지 않았다는 점을 고려해 제국군 기지에서 대응하기로 했다.

단, 왕녀는 「가시의 마녀」였다.

그래서 천제 폐하의 칙명에 의해 사도성 제3위가 총괄 동행자(감시)가 되었다.

───────────

"──뭐, 그렇게 된 거야. 한마디로 말해 감시당하는 귀빈이 된 거지."

통로에 울려 퍼지는 구두 소리.

천수부의 무인 복도를 기분 좋게 걷고 있는 리샤는 너무나 태평한 말투였다.

"감시당하는 귀빈은 이미 있잖아? 앨리스리제 왕녀와 시스벨 왕녀. 그러니까 제국군의 입장에서는 단지 두 사람이 세 사람으로 늘어난 것뿐이야. 천수부에는 빈방이 얼마든지 있으니, 거기에 대충 놔두면 되는 거지."

"……좀 의외인데요."

"뭐가 의외야? 이스캇치."

리샤가 관심 있는 것처럼 이쪽을 돌아봤다.

그러자 이스카는 걸음을 옮기면서 쓴웃음을 지었다.

"제 생각에는, 리샤 씨라면 '더 이상 귀찮은 일을 늘리지 말아 줘!'라고 할 것 같았거든요."

"에이, 설마―? 어차피 내 소관도 아닌걸."

리샤가 태평하게 한 손을 흔들면서 말했다.

"키싱 왕녀는 메이 씨가 감시하고. 앨리스리제 왕녀와 시스벨 왕녀는 이스캇치를 비롯한 제907부대가 감시하잖아. 나는 마음이 편해."

"……그건 그렇지만요."

"뭐, 타산적인 이유도 있고. 상대는 일리티아의 성령술을 목격한 귀중한 증언자잖아?"

일리티아의 성령술은 「노래」.

모든 장벽을 통과해서 울려 퍼지는 노랫소리. 그 소리를 들으면 혼수상태에 빠진다. 현재 이 혼수상태를 회복시킬 수단은 발견되지 않았다.

"구체적인 대우에 관해서는 천제 폐하가 말씀하실 테고. 안 그래?"

유리로 된 연결 복도 끝에는——.

사중 탑의 최상층 『비상비비상천(非想非非想天)』이 있었다. 천제의 방인 넓은 홀 앞에는 제907부대의 세 사람이 서 있었다.

"앗, 리샤야, 이스카 군! 왜 이렇게 늦었어?"

푸른 머리 여대장 미스미스가 어휴 하고 팔짱을 꼈다.

그 뒤에는 진과 네네도 있었다.

"나 참. 천제 폐하랑 약속한 거니까 절대로 지각하면 안 된다고 말했던 사람은 리샤, 너잖아?!"

"나는 대충 정오에 만나자고만 말했는데?"

"지금이 12시 반이거든!"

"이스캇치의 이야기를 듣느라 그랬어. 가시의 마녀 키싱이 이스캇치를 목표로 탈주했으니까. 무슨 일인지 궁금하잖아? ……뭐, 결국 기우였지만."

리샤가 어깨를 으쓱하더니 말을 이었다.

"지금은 메이 씨가 감시하고 있는데, 어젯밤과는 달리 우리의 질문에도 순순히 대답해주게 된 것 같아. '제국에 투항한다'는 것도 거짓말은 아닌가 봐. 이렇게 얌전히 있으면 편하고 좋은데 말이지."

"——이봐, 제국인."

가시 돋친 목소리.

미스미스 대장 뒤에서 대기하고 있던 린이 리샤를 노려보고 있었다.

"그것은 우리에 대한 도발이냐? 키싱 님의 의향은 알 수 없으나, 앨리스 님과 시스벨 님은 제국에 투항할 마음 따위는 없다. 똑같이 취급하지 마라."

"어이쿠, 실례했네. 혹시 기분 상하셨어요?"

리샤는 쓴웃음을 지었다.

그 시선 끝에는 세 명의 성령술사가 서 있었다.

위협하는 듯한 눈빛으로 계속 쏘아보는 시종 린. 그리고 린이 충성을 맹세한 금발 머리 왕녀 앨리스리제와 그녀의 여동생 시스벨이었다.

"앨리스리제 왕녀님과 시스벨 왕녀님은 소중한 귀빈입니다. 그 점은 저도 잘 알고 있어요."

"……됐어. 그런 이야기는 그만하자."

앨리스가 휴 하고 숨을 내쉬었다.

풍만한 가슴 아래로 팔을 모아서 피곤하다는 듯이 팔짱을 끼고 말했다.

"나는 천제의 이야기를 들어보고 싶을 뿐이야. 일리티아 언니가 그런 모습으로 변해버린 원인을 확인하고 싶어. 언니를 막기 위해서."

"동감이에요."

이에 맞장구를 친 사람이 시스벨이었다.

"키싱 왕녀의 사건 경위는 들었습니다만, 그것은 조아 쪽의 이야기지요. 우리의 사정과는 다릅니다."

조아(달)는 「복수하고 싶어서」.

루(별)는 「한 핏줄인 언니의 폭거를 그냥 두고 볼 수 없어서」.

양쪽 다 일리티아 타도를 맹세했지만, 그들의 동기는 전혀 달랐다.

"자. 이제 안으로 들어가도 될까요?"

문을 가리키는 시스벨.

"이 문이 닫혀 있는데요."

"오, 진짜네요? 평소 같으면 늘 열려 있을 텐데…… 설마……."

리샤가 양쪽으로 열리는 장지문을 연 순간, 강렬한 골풀 냄새가 코를 찔렀다.

바닥에 수십 장쯤 빽빽하게 깔린 다다미. 그 넓은 방 한가운데에서는 풍성한 털로 뒤덮인 은색 수인(獸人)이 고양이처럼 몸을 동그랗게 말고 잠들어 있었다.

천제 융메룽겐.

세계 최초의 볼텍스의 힘을 뒤집어썼던 산증인. 이렇게 인간이 아닌 모습으로 변해버렸지만, 그래도 분명히 천제 본인이었다.

"……아이고."

쌔근쌔근 자는 수인을 보더니 리샤는 과장되게 휴 하고 하늘을 우러러봤다.

"폐하가 숙면 중이시네요. 일리티아와 싸울 때 퍼지(별의 방위

기구)를 사역하셨으니까, 그것 때문에 피곤해지신 것 같아요. 이 거 며칠은 안 일어날지도 모르겠네요."

"뭐라고?!"

"그런 이야기는 금시초문인데요?!"

린과 시스벨이 동시에 눈을 휘둥그렇게 떴다.

"자, 잠깐! 정말로 자는 거야?!"

허둥지둥 다다미방으로 뛰어 올라간 앨리스가 쏜살같이 천제에게 다가갔다.

그리고 몸을 동그랗게 말고 쿨쿨 자는 수인을 가만히 내려다봤다.

"……깨워도 될까?"

"되지만, 어차피 안 돼요. 이렇게 된 폐하는 1m 앞에 미사일이 뚝 떨어져도 계속 주무시니까."

"아니, 하지만 이건 약속과는 다르잖아!"

앨리스가 그렇게 항의하는 것도 당연했다.

이 제국은 적진이다. 실은 한시라도 빨리 황청으로 돌아가고 싶은 심정일 것이다.

──언니의 변모와 관련된 비밀을 가르쳐주겠다.

그런 천제의 말을 믿고 이 자리에 모였는데.

"앨리스 님, 황청으로 돌아가시겠습니까?"

린이 조심스러운 말투로 물었다.

"일리티아 님의 정보는, 제가 이 제국에 남아 천제한테서 듣고 전달해 드리겠습니다. 여왕님도 걱정하고 계실 테니 앨리스 님과 시스벨 님은 한발 먼저——."

"그럴 수는 없어."

앨리스는 고개를 옆으로 흔들었다.

그리고 천제를 가운데 두고 맞은편에 서 있는 리샤를 힐끔 봤다.

"며칠이라고 했지? 그 예상은 믿어도 돼?"

"어휴, 그게 아니면 우리가 곤란해지거든요? 폐하가 몇 달씩이나 숙면하시면 큰일 난다고요."

"…………."

서로 마주 봤다.

냉전에 가까운 무언의 눈싸움. 그러다가 먼저 시선을 피한 사람은 앨리스였다.

"여기 남자."

린과 시스벨을 돌아보면서 고개를 끄덕였다.

"중요한 정보야. 과연 며칠일지, 일주일일지는 몰라도. 천제가 눈을 뜰 때까지 기다릴 만한 가치는 있어."

"우리만 믿으세요, 앨리스리제 왕녀님."

리샤가 생긋 영업용 미소를 지으며 말했다.

"천제 폐하가 눈을 뜨실 때까지 심심하실 테지만, 그래도 불편하시진 않게 해드릴게요."

2

천수부 제2건물, 4층.

사무원 하나도 눈에 띄지 않는 무인 층. 오직 자동 청소기만 바쁘게 움직이고 있는 그곳의 복도에서——.

"자, 이제 최종 확인을 하자!"

미스미스 대장은 짝 하고 손뼉을 쳤다.

"우리는 오늘부터 기구 Ⅲ사가 아니라 기구 Ⅰ사에 배속되었으니까! 이곳의 첫 번째 임무가 앨리스 씨와 시스벨 씨와 린 씨의 시중을 드는 거야!"

"시중이란 이름의 감시지."

즉시 그렇게 이어서 말한 사람은 진이었다.

"황청의 왕녀 두 명과 시종 한 명. 그들을 우리 넷이 감시한다는 것은 상식적으로 볼 때 인원수가 턱없이 모자란 건데, 뭐, 일단 지금은 인력이 부족하니까."

마녀 일리티아의 습격 때문이었다.

이 제도에서 팔대사도를 섬멸한 일리티아는 그대로 제국군 기지를 습격해 엄청난 피해를 입혔다.

——움직일 수 있는 병사가 부족하다.

부상자의 치료 및 지휘 계통 재편성이 급선무였다.

그래서 기지의 동료들이 정신없이 바빴으므로, 제907부대가 저들을 감시하는 큰 역할을 도맡을 수밖에 없었다.

"자, 그럼 중요한 것은 **역할 분담**인데."

"진 오빠. 그거라면 리샤 씨가 미리 정해줬어!"

네네가 통신기를 꺼냈다.

그리고 거기에 표시된 전자 문서를 확인하더니 말했다.

"그대로 읽을게. 『앨리스리제 왕녀, 시스벨 왕녀, 시종 린. 그중 전투력을 가지고 있는 앨리스리제 왕녀와 린은 이스캇치가 시중을 들고, 진진이 감시 카메라로 그 일을 지원해 줘』라는데?"

"나는 불만 없지만. 이스카는?"

"나도 그거면 될 것 같아."

정말 리샤다운 발안이었다.

……저 세 사람을 전투력 유무로 나눠서 격리한다.

……여차하면 「없는 사람(시스벨)」을 인질로 삼는 것까지 생각하고 있는 것이리라.

앨리스와 린을 시스벨과 멀리 떨어뜨려 놓는다.

전투력이 있는 두 사람이 만에 하나라도 제도에서 날뛸 기미가 보이면, 격리된 시스벨의 존재가 억지력으로 작용하게 될 것이라는 노림수였다.

"그럼 시스벨 씨는 나와 네네가……."

미스미스 대장이 살짝 고개를 끄덕이더니 말을 덧붙였다.

"……그래. 잘됐다."

"저, 대장님?"

"아, 이스카 군. 아무것도 아니야. 혼잣말이었어."

생긋 웃는 미스미스 대장.

"시스벨 씨는…… 전과가 있으니까…… 잘 감시해야……."

"네네랑 대장님이 잘 감시하지 않으면…… 금방 또 이스카 오빠나 진 오빠의 방에 숨어 들어가려고 할 테니까…… 후후……."

소곤소곤 자기들끼리 이야기하는 대장과 네네.

그 소리가 너무 작아서 이스카한테는 그냥 혼잣말처럼 들릴 뿐이었다.

"이스카."

갑자기 진이 그답지 않게 미스미스와 네네의 말허리를 자르며 끼어들었다.

"확인할 것이 하나 있다. 아니, 기억해 두면 좋겠다는 건데."

"왜 그래? 진."

"…………."

은발 저격수가 입을 다물었다.

한순간 말을 삼키고 뜸을 들인 후에——.

"시스벨의 언니 앨리스리제. 그 녀석은 빙화의 마녀라고 생각하는 게 좋을 거다."

"!"

"뭐?!"

"뭐라고오오오오옷?!"

이스카, 네네, 미스미스 대장.

세 사람이 제각각 다른 소리를 냈다.

이스카는 작은 충격. 네네는 전혀 예상하지 못한 일에 대한
곤혹.

그리고 미스미스 대장은 '어떻게 알았어?!'라는 충격이었다.

"아, 아니, 진 군, 왜 그렇게 생각한 거야?!"

"우리가 그 에이도스(허구 성령)인지 뭔지 하는 괴물과 싸웠을
때. 앨리스리제가 얼음 성령술을 사용하는 것은 보스도 봤잖아?"

"……그, 그건 그렇지만."

"시스벨이 왕녀이고 그 언니인 앨리스리제도 왕녀. 그렇다면
100% 순혈종일 테지."

왕족의 수는 한정되어 있다.

물론 제국군이 파악하지 못한 왕족도 있을 것이다. 그러나 빙
화의 마녀라는 순혈종이 있고, 또 같은 얼음의 성령술을 쓰는 순
혈종인 앨리스리제가 있다.

그렇다면 동일인물이지 않을까?

진이 그런 결론에 도달하는 것도 부자연스럽진 않았다.

"애, 앨리스 씨가, 빙화의……?"

네네가 꿀꺽 숨을 삼켰다.

그 옆에서는 미스미스 대장이 의미심장한 눈빛으로 이쪽을 보
고 있었는데, 그것을 진이나 네네에게 들킬 수는 없었다.

……이미 이렇게 됐으니까. 앨리스의 정체를 진과 네네에게도
가르쳐주는 게 좋을까?

……모르겠다. 소문이 퍼지면 위험하다.

빙화의 마녀. 그것은 제국군의 가장 위험한 적 중 하나였다.

설령 '지금은 일단 적이 아니다'라고 해도, 제국군의 모든 이들이 그런 설명을 듣고 순순히 납득하지는 못할 것이다.

……쓸데없는 불씨는 만들지 않는 편이 낫다.

……앨리스가 제국에 있는 동안에는, 앨리스의 정체는 숨기는 게 좋을 것이다.

그래서.

"진, 기억해 둘게."

은발 저격수 앞에서 이스카는 최대한 태연한 척하면서 고개를 끄덕였다.

"그 사람이 빙화의 마녀인지 아닌지는 모르겠고, 이쪽에서 물어보면 괜히 경계심만 강해질 테니까 그런 것은 피하고 싶어. 단, 나도 그렇게 생각하고 감시할게."

"응, 그러면 돼."

진이 벽에 등을 대면서 말했다.

"난 이제 1층 정보실에 갈 거다. 감시 카메라로 네 움직임을 살펴볼 건데, 성검은 언제든지 뽑을 수 있도록 준비해."

"알았어. 다만…… 그 사람이 날뛸 가능성은 거의 없다고 생각해."

해산.

진은 1층에 있는 감시 카메라 정보실로.

이스카는 4층에 있는 앨리스와 린의 방으로.

네네와 미스미스는 3층에 있는 시스벨의 방으로.

각자 목적지를 향해 이동하기 시작했다.

━━━━━━

천수부 4층.

현재 사용되지 않는 사무실을 앨리스와 린의 2인실로 바꿔놓았다고 한다.

그런 이야기를 듣고 온 이스카가 문을 열었더니——.

맨 처음 눈에 들어온 것은 천장에 매달린 호사스러운 샹들리에. 그리고 방을 화사하게 꾸며주는 꽃무늬 벽지였다.

전부 다 새것이었고, 구하기도 쉽지 않을 것 같은 고급품들이었다.

"어라?"

눈을 비벼봤다.

수십 년이나 사용되지 않은 사무실이라고 들었는데, 마치 고급 호텔의 스위트룸같이 호사스러운 거실이 눈앞에 있었다.

"……사무실이 이렇게 호화로웠나?"

"멍청한 소리 하지 마."

눈앞을 휙 가로질러 가는 린의 손에는 두툼한 가구 카탈로그가 몇 권이나 들려 있었다.

"내가 발주해서 인테리어를 바꾸는 중이다. 교체할 벽지와 새

천장 조명, 그리고 바닥의 융단을 급하게 발주했어."

"와. 빠르네."

"일단 서둘러 샤워실과 욕실도 안쪽에 가설했어."

"너무 유능한 거 아냐?!"

"아니, 아직 멀었다. 이거 봐라, 이 낡아빠진 사무용 책상을!"

린이 오래된 책상을 탁탁 두드리면서 말했다.

아마도 책상 교환은 아직 못 했나 보다.

"황청의 가구를 사용하고 싶지만. 이번만은 제국의 최고급 가구 브랜드의 책상으로 타협하기로 했다."

"⋯⋯그게 타협이야?"

"앨리스 님의 방을 이상적으로 만들기 위해서야."

린은 책상 위에 가구 카탈로그를 펼쳐놓고 고속으로 페이지를 넘기고 있었다.

"그리고 또 그랜드피아노와, 대형 벽시계와――."

"저기, 린."

조금 피곤한 듯한 목소리.

이스카가 그쪽을 돌아보니, 앨리스가 고급 소파에 몸을 푹 파묻고 있었다.

"난 됐어, 이걸로 충분해. 이 소파를 봐. 너무 푹신해서 일어나기도 힘들 정도야⋯⋯. 무조건 고급품을 주문한다고 해서 다 좋은 게 아니야."

"아뇨, 아직 부족합니다. 앨리스 님."

린의 손은 멈추지 않았다.

계속해서 카탈로그에 빨간 펜으로 동그라미를 치더니 그 내용을 발주서에 메모했다.

이처럼 바쁘게 일하는 시종을 한동안 바라보다가——.

"실례할게."

이스카는 거실 안쪽으로 들어갔다.

들고 온 사다리를 이용해서 천장 한구석에 소형 촬영기기를 설치했다.

이어서 반대쪽 벽에 있는 시계 밑. 그리고 바닥 구석에도 설치했다. 눈에 띄지 않도록 벽지와 같은 색깔인 카메라였다.

"어머?"

그 모습을 관찰하던 앨리스가 흥미진진한 눈빛으로 물어봤다.

"이스카. 그건 뭐야?"

"감시 카메라야. 전원 케이블이 필요 없는 설치형 카메라. 이렇게 놔두기만 해도 48시간 동안 연속으로 작동하니까 편리해."

"……그렇구나. 곧 가구 업자가 올 테니까 빨리 끝내줘."

앨리스가 다시 소파에 몸을 묻었다.

묘하게 달관한 눈빛이었다.

"나 이렇게 당당하게 감시 카메라를 설치당한 것은 처음이야."

"나도 그래."

앨리스와 린은 감시를 당하는 입장이다.

그리고 그 감시자는 자신. 그것도 이미 두 사람은 알고 있었다.

──나는 의심스러운 행동은 안 해.

감시 카메라 설치에 저항하지 않는 것도, 아마 앨리스 나름의 의사 표시일 것이다.

카메라는 총 여덟 대.

거실에는 시야각을 바꿔 가면서 네 대를 설치했고. 이어서 두 대를 복도에 설치했다.

자, 나머지 두 대는 어쩔까.

"어, 남은 것은 거실도 복도도 아니고⋯⋯ 아, 여기에 할까?"

복도 끝에서 불투명 유리로 된 문을 발견했다.

"기다려, 제국 검사!"

린이 허둥지둥 이쪽으로 뛰어왔다.

"거긴 욕실이다! 너 이 자식, 설마 거기에도 카메라를 설치하려는 거냐?!"

"뭐? 아, 그렇구나, 미안! 여기가 그 임시 욕실이었구나⋯⋯."

당황하여 뒷걸음질 쳤다.

감시 카메라를 어디에 설치할까 하고 진지하게 고민하다가, 하마터면 욕실에도 감시 카메라를 설치할 뻔했나 보다.

"제국 검사, 네가 감히 앨리스 님의 나체를 감상하려고⋯⋯!"

"오해야! 나도 임무 수행 중이고, 가능한 한 광범위하게 촬영하려고⋯⋯."

"앨리스 님의 나체를, 광범위하게?!"

"그 부분은 강조한 적 없잖아?!"

그런데 그때.

뒤에서 발소리가 났다.

"뭐 해, 린? 이스카?"

"앨리스 님, 제 이야기 좀 들어보세요!"

린이 그쪽을 돌아봤다.

방금 온 앨리스에게 상황을 알려주려는 것처럼 이쪽을 정확히 손가락으로 가리키더니.

"이 제국 검사가 말이죠!"

"그만둬————!!"

"이놈이 글쎄, 감시 카메라를 욕실에 설치하려고 했습니다!"

"뭐라고?!"

앨리스가 눈을 휘둥그렇게 떴다.

"이스카, 너 설마……."

"오해라니까?! 잠깐만, 앨리스. 내가 받아온 감시 카메라가 여덟 대나 돼서, 거실 말고 또 어디에 설치하면 좋을까 하고 고민하다가……."

"————."

앨리스는 침묵했다.

이런 때 화내는 것보다 무서운 반응이 이 '침묵'이다. 부자연스러운 침묵에서 과연 무슨 말이 튀어나올지…….

이스카는 저도 모르게 숨을 꿀꺽 삼켰다. 그리고 그 눈앞에서.

"……전부 다 이해했어."

앨리스는 묘한 표정으로 고개를 끄덕였다.

이어서 매우 진지한 말투로 말했다.

"즉, 감시 카메라를 설치할 정도로 내 알몸에 관심이 있다는 거구나."

"그게 무슨 해석이야?!"

"……하지만, 그래…… 곰곰이 생각해 보면…… 예전에 너한테는 이미 보여줬으니까…….."

앨리스가 천장을 쳐다보는 시늉을 했다.

몹시 진지한 표정인데, 이상하게도 그 뺨이 순식간에 붉어졌다.

"아, 안 돼! 한 번 보여줬다고 해서 그리 쉽게 두 번째를 허락할 정도로, 내 알몸은 가치가 없진 않아! 적어도 카메라는 치워야 해! 그렇다면 나도, 조금은…….."

"앨리스 님, 무슨 말씀을 하시는 거예요?!"

앨리스의 입을 막는 린.

"카메라가 있든 없든, 안 되는 것은 안 되는 겁니다! 진정하세요, 앨리스 님. 이 검사의 교묘한 감언이설에 속아 넘어가면 안 됩니다!"

"헉?! 아니, 이게 교묘한 화술이었어?!"

"대체 어디에 화술의 요소가 있었는데?!"

한참 이야기한 끝에──.

감시 카메라는 거실과 복도와 침실에 설치하고.

욕실과 화장실은 제외하기로 결론을 내렸다.

다음 날 아침 9시.

이스카가 방문하자, 앨리스의 방은 한층 더 아름답게 변해 있었다.

"늦었구나. 제국 검사."

린이 홍차를 따르면서 말했다.

"천제는 일어났나?"

"아니, 아직이야. 리샤 씨가 보고 있는데, 이런 상태라면 앞으로 며칠은 걸릴 거래. 그러니까 며칠 더 여기서 참고 지내줘."

"……그 정도는 각오했어."

앨리스가 소파에서 일어났다.

어제까지는 아주 고급스러운 원피스를 입고 있었는데, 오늘 아침부터는 티셔츠와 긴 바지를 입고 있었다. 제국의 일반인과 비슷한 옷을 입은 것이리라.

"하는 수 없지. 너에게 내 시중을 들게 해줄게."

"그래, 알아들었냐? 제국 검사. 나로선 내키지 않지만, 네놈에게 앨리스 님의 시중을 든다는 명예를 절반쯤 나눠주마."

"우와, 귀찮을 것 같은데?!"

하지만 이것도 임무의 일환이다.

앨리스와 린은 감시 대상인 동시에 현재 일시적인 귀빈이었다.

"……알았어. 나는 기껏해야 부탁받은 일용품이나 식사를 주문하는 것 정도밖에 못 하지만. 뭔가 원하는 게 있다면 말해봐."

"그럼 당장 물어보고 싶은 것이 있어."

앨리스가 벽 쪽에 있는 대형 모니터를 가리켰다.

이 천수부는「창문 없는 빌딩」이다. 그래서 창문을 통해 풍경을 내려다볼 수 없는 대신에 이렇게 바깥의 영상을 모니터로 보여주고 있었다.

큰길에서 걸어 다니는 사람들.

아침 9시라 양복 입은 회사원들이 많았다. 그런 그들을 가리키면서——.

"저 사람들은 저렇게 태평하게 밖에서 돌아다녀도 되는 거야?"

"……무슨 소리야?"

"제국의 대기 오염 말이야!"

앨리스가 빌딩 상공을 가리켰다.

"세계 최고로 발달한 고도의 기계화 문명——그 대가로, 제국의 공기는 배기가스와 공장의 매연으로 더러워졌다고 들었어. 풀이 마르고 꽃이 시들고, 사람도 그 공기를 마시기만 해도 숨이 막혀서 기침을 한다. 그것은 유명한 이야기야."

"유명? 아니, 그건 선동적인 헛소문인데?!"

"……사실이 아니야?"

"이 영상이 현실이야. 자, 봐. 하늘도 맑잖아."

"믿을 수 없어! 제도의 주민은 방독면을 쓰고 다닌다고 했는데…… 대신이 나한테 해준 이야기가 거짓말이었다는 거야?!"

"그 대신을 당장 해고하는 게 좋지 않을까?!"

이건 예상외인 정도가 아니라 충격이었다.

아무리 적국이어도 그렇지, 그렇게 아무도 안 속을 것 같은 거짓말을 황청 사람들은 믿고 있단 말인가.

"앨리스 님."

번뜩.

그때 린이 이거다! 하고 주장하는 것처럼 눈을 빛냈다.

"방심하지 마십시오. 이것은 영상에 불과합니다. 거리를 걷는 사람들은 모두 다 정교한 로봇이고, 이 맑고 푸른 하늘도 가공된 영상인 게……."

"그렇구나!"

"그렇지 않거든?! 제국은 물도 공기도 나쁘지 않아!"

"_____."

앨리스는 말없이 생각에 잠겼다.

"……하긴, 그래."

앨리스가 뭔가를 집어 들었다. 마시다 만 음료수병이었다.

"난 공기도 그렇지만 물이 나한테 안 맞을까 봐 걱정했거든. 타국에서 나온 물을 마셨다가, 나한테 안 맞아서 배탈이 난 적도 있었으니까. 그런데 여기는 괜찮은 것 같아."

"……저도 이 정도면 괜찮습니다."

내키지 않는 것처럼 수긍하는 린.

"굳이 따지자면 첫맛이 다소 씁쓸한 것 같기도 하지만, 이것은 제국과 황청의 토양에 포함된 미네랄 성분의 차이 때문일 겁니다. 그 점만 제외하면 물과 공기는 충분히 견딜 만합니다."

"그렇지?"

그렇게 말하면서 이스카는 휴 하고 속으로 안도의 한숨을 쉬었다.

두 사람에게 제국은 적국이다. 아무리 신변의 안전은 보장되어 있어도, 공기나 물이 몸에 안 맞으면 괜히 더 고생하게 됐을 것이다.

"저기, 너희 둘은 점심은 뭐 먹고 싶어? 아직 시간이 좀 이르지만, 지금 미리 주문하면 점심때 딱 맞춰서 오게 할 수 있으니까."

"흠……."

린이 눈을 반짝 빛낸 것은 바로 그때였다.

"앨리스 님. 이것은 연구 기회일지도 모릅니다."

"무슨 소리야?"

"적정(敵情) 시찰입니다. 여기서는 황청 스타일로 식사를 하는 것보다는, 제국의 대중 입맛에 맞는 식사를 체험하는 게 어떨까요?"

"아, 그러면 나한테 좋은 생각이 있어!"

앨리스가 소파에서 벌떡 일어났다.

그리고 책상 위에 쌓여 있는 광고지들을 집어 들었다.

"이거야! 이 『타이탄 버거』 제도 본점! 제국의 유명한 햄버거 가게인데, 중립도시 에인에도 지점이 있어서 좀 궁금했거든. 특히 유명한 것이 가게 이름을 딴 타이탄 버거인데, 이것은 향신료를 듬뿍 넣은 고기 패티를──."

"앨리스 님."

"——헉?!"

린의 차가운 말투를 접하자, 앨리스는 퍼뜩 정신을 차렸다.

"……어험. 내가 좀, 흥분했었네."

"꽤 자세히 알고 계시네요. 그리고 보니 전에도 궁정 화가 비블랑인지 뭔지 하는 제국의 화가를 열심히 조사하셨던 것 같은데요."

"그, 그게 지금 무슨 상관이야?!"

앨리스는 "아냐, 아냐!" 하고 허둥지둥 양손을 옆으로 휘저었다.

"……아무튼 이스카. 점심은 그 타이탄 버거로 하자. 나는 샐러드, 린은 감자튀김을 사이드 메뉴로 주문해 줘. 아, 감자튀김의 소금은 꼭 명물인 특제 암염으로 해야 해!"

"진짜 자세히 아네."

"아, 아니, 그냥 소문으로만 들은 거야! 이스카, 너까지 그런 눈으로 나를 보지 말아줘!"

앨리스는 빠른 말투로 그렇게 대꾸하더니 고개를 휙 돌렸다.

정오——.

타이탄 버거 제도 본점에서 갓 만들어진 햄버거가 도착했다.

"왔어."

"왔구나!"

"……저기요, 앨리스 님. 그렇게 냉큼 달려들지 마세요."

상자를 개봉했다.

그 순간 확 솟아오르는 뜨거운 김과 맛있는 냄새.

"이게 타이탄 버거구나!"

"제국 사람인 우리한테는 그냥 늘 보던 햄버거 가게의 햄버거란 느낌인데."

"그게 좋은 거야. 자, 어서 먹어보자!"

신난 목소리로 떠들면서 햄버거를 집어 드는 앨리스.

제국의 공기와 물에 잘 적응했다는 안심감 덕분에, 제국의 식사에 대한 불안감도 다소 줄어든 것이리라. 앨리스는 직접 거침없이 햄버거를 베어 물었는데——.

"윽."

앨리스의 손이 멈췄다.

그리고 양손으로 햄버거를 붙잡은 채, 겹겹이 쌓인 채소와 고기를 확인하는 것처럼 자세히 관찰하기 시작했다.

"앨리스, 왜 그래?"

"……아, 아무것도 아냐. 신경 쓰지 마."

다시 햄버거를 입에 대는 앨리스.

그대로 묵묵히 절반쯤 먹었을 때——.

"콜록!"

앨리스가 돌연 기침을 했다.

햄버거를 한 손에 들고, 나머지 한 손으로 자기 목을 잡으면서 몇 번이나 콜록거렸다.

"앨리스 님?! 야, 제국 검사, 설마 독을 넣었냐?!"

"아, 아니야! 그럴 리 없잖아!"

왜냐하면 자신도 같은 음식을 먹었으니까.

앨리스보다 먼저 다 먹었는데도 아무런 이상도 없었다. 지금까지 몇 번이나 먹었던 타이탄 버거의 맛이었다.

"……콜록…… 아, 아냐……."

컵에 든 물을 단숨에 꿀꺽 마신 후, 앨리스는 가슴을 누르고 심호흡을 했다.

"……양념이 너무 강해서. 재채기가 나온 거야."

"뭐? 그런가? 으음, 하기야 향신료 맛이 느껴지긴 하지만."

"그래, 그거야!"

앨리스가 그 말을 기다렸다는 듯이 고개를 끄덕거렸다.

"후추와 머스터드를 너무 많이 넣었어! 자극적인 조미료를 한껏 들이부어 놔서, 재료의 맛을 살려주기는커녕 그 재료의 맛을 해치고 있어! 짠맛도 너무 강하고!"

"……나는 땀을 흘렸을 때는 이 정도로 짠 음식은 먹어도 된다고 생각하는데."

지친 육체에는 이렇게 맛이 강한 음식이 딱 맞았다.

그래서 이 음식이 대중에게 먹혔고, 유명한 햄버거 가게가 될 수 있었던 것이다.

"아무리 그래도 정도가 있지!"

"그런가?"

"그렇다니까. 이건 누가 봐도 너무 심하게 자극적이야. 그렇지, 린?!"

"······네?"

린이 어리둥절하여 눈을 깜빡거렸다.

참고로 린은 앨리스와 같은 햄버거뿐만 아니라 감자튀김까지 완벽하게 다 먹었다. 그 손안에는 빈 포장지만 남아 있었다.

"―――."

그것을 가만히 들여다보더니.

"네, 그렇습니다! 앨리스 님! 이봐, 제국 검사. 이렇게 맛없는 햄버거가 우리 입맛에 맞을 것 같아? 다시 만들어 와!"

"아니, 다 먹었잖아?!"

"저녁밥에는 신경 쓰도록 해라. 제국 검사."

앨리스의 컵에 물을 따라주는 린.

"보다시피 앨리스 님의 혀는 갓난아이처럼 예민하다. 재료의 맛을 잘 살리고, 쓸데없이 기교를 부리지 않았지만, 또 무성의하지도 않은, 깊은 맛이 느껴지는 따뜻한 요리를 준비하도록 해라."

"요구가 엄청난데?!"

린의 억지스러운 요구를 들어주기 위해 이스카는 머리를 싸쥐고 고민했다.

그리고 운명의 저녁 식사 시간―――.

이스카가 선택한 것은 제도를 대표하는 어느 호텔의 고급 도시락이었다.

앨리스의 혀를 만족시키기 위해서 미스미스 대장과 네네에게 "어디 맛있는 음식점 없어요?" 하고 물어보고 다니다가 결국 리샤의 연줄을 이용해 주문한 음식이었다.

우선 린이 맛을 봤다. 독의 유무도 확인할 겸.

"윽!"

메인 요리인 고기를 한 입 먹어본 순간, 린이 얼굴을 일그러뜨리면서 테이블에 팔꿈치를 대고 비틀거렸다.

"……제국 검사. 네 이놈, 잘도 이런 짓을!"

"아, 아니, 왜?!"

"맛있어!"

"헷갈리게 하지 마!"

"……분하지만 인정하지 않을 수 없군. 제국의 요리 주제에, 어쩜 이렇게 섬세하게 맛을 냈지? 이 정도면 앨리스 님도 불만은 없으실 거다. 앨리스 님──."

"맛있어!"

"헉, 벌써?!"

린의 확인 작업이 끝나기도 전에 앨리스도 못 참고 음식을 먹고 있었다.

과연 제도의 유명한 호텔이구나.

전 세계의 관광객에게 제공하는 음식을 만들어서 그런지, 황청의 두 사람도 이 음식에는 만족한 것 같았다.

린은 물론이고 앨리스도 불평 하나 없이 다 먹었다.

"······으음······ 설마 제국의 식사 수준이 이 정도일 줄이야."

린이 입가를 훔치면서 말했다.

"앨리스 님, 어떠셨습니까?"

"흠잡을 데 없었어."

그렇게 대꾸하는 앨리스는 식후의 홍차를 우아하게 즐기는 중이었다.

"역시 훌륭해, 이스카. 너라면 기대에 부응할 거라고 생각했어."

"그 말을 들으니 안심이 된다."

"응. 이 정도면 나도 매일————······."

그 순간, 갑자기.

미소를 짓고 있던 앨리스가 돌연 찻잔을 컵 받침 위에 돌려놓았다. 그리고 뭔가 생각에 잠긴 것처럼 팔짱을 끼고 중얼중얼 혼잣말까지 하기 시작했다.

무슨 일이 일어난 거지?

이스카와 린이 지켜보는 가운데 앨리스가 확! 하고 눈을 부릅떴다.

"잠깐, 이스카. 정정할게!"

"뭐?"

"이 요리는 영 아니야! 먹을 수 없어!"

"아니, 다 먹었잖아?!"

뜬금없이 무슨 소리를 하는 걸까.

린조차도 "맛있다"고 인정한 제국의 유명한 호텔의 특제 도시락인데. 실제로 린도 의아하다는 듯이 주인의 태도를 살피고 있었다.

"이 요리는 아주 훌륭해. 섬세하고 우아하게 맛을 냈어. 그 점은 부정하지 않을게."

"……뭐야, 그럼 좋은 거 아냐?"

"좋지 않아! 왜냐하면 『이해』가 부족하기 때문이야!"

앨리스가 자리에서 벌떡 일어났다.

"이스카, 요리에서 가장 중요한 것이 뭔지 알아?"

"……맛과 영양?"

"답은 『진심』이야."

앨리스는 자기 가슴에 한 손을 대고 말했다.

마치 무대 위의 오페라 가수처럼, 이스카와 린이 멍하니 지켜보는 가운데 진짜 배우 같은 몸짓으로 천장을 우러러보면서.

"물론 이 요리는 맛있었어. 고급 식재료를 섬세하게 간해서 만든 요리인 건 확실해. 하지만 이런 것으로는 사람의 마음을 움직일 수 없어! 요리를 먹는 사람에 대한 진심, 그것이야말로 꼭 필요한 거야. ……알았어?"

힐끔, 힐끔.

그렇게 주장하는 와중에 앨리스는 끊임없이 이쪽을 향해 눈짓하고 있었다.

"이번에 요리를 먹는 사람은 나. 즉, 나를 잘 이해하는 사람이 음식을 만들어줘야 해. 지금 내 곁에 있는 누군가가!"

"──그렇대, 린."

"──휴. 어쩔 수 없죠. 그러면 내일부터 앨리스 님의 식사는 제가 준비하겠습니다."

"그게 아니야─────!"

앨리스가 새빨개진 얼굴로 반박했다.

"린은 나와 같은 귀빈이잖아. 자, 그렇다면? 알지……?!"

"응? 무슨 소리야?"

영문을 알 수 없었다.

요리에는 진심이 필요하다고 하고, 먹는 상대를 잘 이해하는 사람이 요리해야 한다고 하고. 도대체 무슨 말이 하고 싶은 걸까?

"……둔감하긴."

조그맣게.

앨리스가 그런 혼잣말을 했을지도 모른다. 그러나 소리가 너무 작아서 확실하진 않았다.

"아이참! 좋아, 그러면 직접 말해줄게! 이스카!"

"으, 응? 왜?"

"너 말이야, 쉬는 날에는 스스로 파스타를 만들어 먹는다고 했잖아? 그럼 내일 저녁밥은 네가 만들어. 내가 요리를 심사해 줄게!"

"왜 그렇게 거만하게 말하는 거야?!"

그리하여.

이상하리만치 강력한 앨리스의 요청으로, 이유는 몰라도 이스카가 손수 요리를 하게 되었다.

　다음 날.
　이스카는 앞치마를 두른 채 물이 부글부글 끓는 파스타 냄비를 노려보고 있었다.
　앨리스를 위해 요리를 하는 중이었다.
　"……내가 왜 이런 일을……."
　"야, 제국 검사. 입 말고 손을 움직여라."
　"이미 움직이고 있거든?"
　파스타가 얼마나 익었는지 살펴보면서, 그 옆의 프라이팬에서도 파스타 소스를 준비하는 중이었다. 뭐, 그래 봤자 방울토마토를 소금과 후추로 간해서 푹 끓이는 소박한 소스였지만.
　"흠."
　린은 의외로 흥미진진하게 그 광경을 지켜보고 있었다.
　본인 말로는 "독을 넣지 않는지 감시해야 하니까"라고 하면서 주방에 들어왔는데, 실제로 이스카가 요리를 시작하자 요리 자체에 관심이 생긴 것 같았다.
　"소박한 조리법이구나. 특수한 공정이 하나도 없어."
　"그야 뭐, 내가 평소에 해 먹는 파스타니까. 이 방울토마토도 그냥 제도의 마트에서 사 온 거야."
　"……휴. 그나저나 앨리스 님은 참 호기심이 많다니까."
　린이 식기를 꺼냈다.

그것을 주방에다 늘어놓는 것은 '요리를 도와주겠다'는 무언의 의사 표시인 걸까.

"앨리스 님은 어릴 때부터 왕궁 요리사의 요리를 드시면서 자라셨다. 그 예민한 미각을 만족시킬 만한 요리를 네가 만들어 낼 수 있을 리 없어."

"실은 나도 그렇게 생각해."

"……나 참. 이번만은 동정해주마."

린이 허리에 손을 얹고 한숨을 쉬었다.

"네놈의 요리. 앨리스 님이 한 입이라도 드시면 감지덕지한 줄 알아라. 최악에는 입에 넣자마자 거부하실 수도 있으니 각오해."

그리고 10분 후.

완성된 토마토소스 파스타를 가져갔더니.

"맛있어!"

"농담이지?!"

"아니, 말도 안 돼애애앳!! 앨리스 님, 제정신이십니까?!"

표정이 확 밝아지는 앨리스.

뜻밖의 절찬이라, 이스카와 린이 오히려 놀라서 소리를 지르고 말았다.

"앨리스 님?! 도, 도대체 어찌 되신 겁니까!"

당황한 린이 자기도 파스타를 맛보기 시작했다.

"……네, 확실히 나쁘진 않네요. 하지만 매우 평범한 파스타입니다. 레스토랑 음식이 아니라 그냥 가정집 요리처럼 참 수수한 맛이라고 생각하는데요."

"수수한 게 아니라 소박한 거야."

그러면서 고개를 끄덕거리더니 파스타를 만족스럽게 입에 집어넣는 앨리스.

"값비싼 식재료를 써서 정성을 다해 만든 요리는 왕궁에서 늘 먹을 수 있잖아? 그렇게 잘난 척하는 요리를 만들어 달라는 게 아니야. 린, 네가 말한 것처럼 가정적인…… 가, 가정?! 두 사람의?!"

"흠? 왜 얼굴이 빨개지신 거죠?"

"리, 린, 네가 이상한 말을 해서 그래! 괜히 상상했잖아!"

"상상?"

무슨 말을 하는 걸까.

이스카와 린은 서로 얼굴을 마주 봤다. 그새 앨리스는 파스타를 가볍게 다 먹어 치웠다.

"응, 이거야! 난 이런 것을 원했어!"

"……그, 그래?"

예상외의 극찬이었다.

하지만 이스카로서도 자기가 만든 요리를 칭찬받으니, 기분이 나쁘진 않았다.

"오늘부터 하루 세 끼를 전부 다 네가 만들어줘!"

"그건 말도 안 되잖아?!"

여기선 항의하지 않을 수 없었다.

가끔 요리하기는 해도, 매일 매끼 식사를 준비할 정도로 레퍼

토리가 풍부한 것은 아니었다.

"만약에 요리하더라도 말이지. 앨리스, 네가 평소에 먹는 음식이 뭔지, 또 반대로 싫어하는 음식이 뭔지도 알아야 하고……."

"그러네. 그럼 가르쳐줄게. 나는──…… 앗. 자, 잠깐만!"

"응?"

"말 걸지 말아봐! 나, 나 지금 뭔가 퍼뜩 떠올랐으니까!"

앨리스가 손을 쑥 내밀면서 '기다려'란 동작을 취하더니.

이마에 손을 대고. 중얼중얼 조그맣게 혼잣말하기 시작했다.

"──앨리스, 잘 생각해 봐. 이렇게 단순히 이스카의 요리에 만족하기만 하면 일방통행이잖아. 여기서는 나도 요리를 해줘야 하는 게 아닐까? 내 요리를 먹은 이스카가 '역시 앨리스는 대단해. 앨리스한테는 못 이기겠어' '훗, 당신 요리도 꽤 괜찮았어. 이스카'라고 하면…… 그래, 이거야! 이게 훨씬 더 분위기가 좋잖아?!"

"저기, 앨리스?"

"앨리스 님?"

"……결정했어."

혼잣말을 마친 앨리스가 이쪽을 돌아봤다.

모든 것을 완벽하게 이해한 것처럼 망설임 없는 표정이었다.

"내일 저녁밥은 내가 만들게! 이스카, 너한테도 식사를 대접할 거야!"

"뭐라고?!"

"잠깐만요, 앨리스 님?!"

즉시 끼어든 사람은 린이었다.

"뭔가 심상찮은 결심인 것 같습니다만……."

"왠지 요리를 해보고 싶은 기분이 들어서 그래. 린. 어서 내 앞치마를 준비해 줘!"

"잠깐 기다려주세요!"

웬일로 린이 크게 소리를 질렀다.

린이 이렇게까지 강경한 말투로 주인에게 의견을 말하는 모습은 이스카도 처음 보는 것 같았다.

"……외람되오나 제가 한 말씀 드리겠습니다."

주인 앞에서 린이 무릎을 꿇었다.

"앨리스 님의 심정도 이해는 합니다. 하지만 부디 재고해 주시기를 바랍니다."

"그게 무슨 뜻이야?"

"앨리스 님의 요리라면 틀림없이 사람 하나는 제거할 수 있을 겁니다. 하지만 여기서 제국 검사를 독살하는 것은 현명한 선택이 아니라고 봅니다."

"독살한다는 이야기는 한 적 없는데?!"

"……앨리스 님의 요리를 먹은 제국 검사가 목숨을 잃으면, 앨리스 님이 맨 먼저 용의자가 될 겁니다!"

"어째서 목숨을 잃는다는 거야?!"

세상에.

두 사람의 대화를 듣자, 이스카도 전율할 수밖에 없었다.

"앨리스. 너 설마, 그런 짓을 하려고?!"

"오해야!"

앨리스가 몹시 허둥거리면서 고개를 옆으로 흔들었다.

"나, 난 그저…… 정말로 맛있는 음식을 너에게 먹여주고 싶어서!"

"아닙니다!"

한층 더 강경한 말투로 앨리스의 말을 튕겨내는 린.

"실례지만! 앨리스 님의 요리에 비하면, 차라리 제도의 길거리에 있는 쓰레기통에서 비바람을 맞으며 일주일 동안 버려져 있던 식빵이 더 나을 겁니다!"

"그런 표현은 진짜 실례잖아?!"

전에 없이 강한 위기감을 드러내면서 제지하는 린.

그래서 오한을 느낀 이스카.

그 두 사람이 간곡히 부탁하는 바람에, 앨리스는 어쩔 수 없이 요리를 포기했다.

───

같은 시각──.

앨리스 언니나 린과는 다른 방에서 머무는 시스벨은 한발 먼저 저녁 식사를 마친 상태였다.

……그리고 「심심한」 상태였다.

이곳이 왕궁이라면 좋아하는 책이라도 읽으면서 시간을 보낼 텐데, 천수부에 그런 것이 준비되어 있을 리도 없었다.

기분이 침울해졌다.

특히 이런 때는 인형을 꼭 껴안고 자는 것이 시스벨의 일과였다.

"──네, 그래서 와봤습니다! 좋은 저녁이에요!"

천제의 방.

수십 장이나 되는 다다미가 깔린 장엄한 큰 방이지만, 이미 시스벨은 구석구석 잘 아는 자기 집처럼 여기고 있었다.

"리샤 씨, 난 인형이 없으면 잠을 잘 수 없어요. 그것도 따뜻하고 부드러운 털로 뒤덮여 있는 폭신폭신한 인형──어? 리샤 씨?"

천제의 참모는 부재중.

그곳에는 여전히 쿨쿨 자는 천제 융메룽겐만 있었다.

"어휴. 난감하네요. 나는 지금 꼭 인형이 필요한데. 폭신폭신하고 따뜻하고 질 좋은 인형이………… 헉, 이, 이것은?!"

시스벨은 저도 모르게 눈을 크게 떴다.

정확히 자기 앞──.

그곳에 **풍성한 털로 뒤덮인** 은색 수인이 잠들어 있지 않은가.

"……폭신폭신한 인형이……."

꿀꺽.

무의식중에 숨을 삼키고 말았다.

"……폭신폭신…… 어머나, 이렇게 눈앞에…… 폭신폭신한 것이……."

이제는 눈을 뗄 수가 없었다.

특히 매력적이었던 것은 마치 여우처럼 탐스러운 꼬리였다.

──천제 융메룽겐의 꼬리.

틀림없이 이 세상에 하나밖에 없는 지고의 일품(逸品)일 터. 저 꼬리를 끌어안고 자면 얼마나 기분이 좋을까.

"……허억…… 허억…… 아아…… 아, 안 돼요. ……저, 저런 꼬리를 보면, 아무래도…… 내 마음속의 짐승이……!"

더는 흥분을 억누를 수 없었다.

무방비하게 계속 자는 수인의 꼬리를, 손으로 꽉────.

"찾았다─."

꽉! 하고.

뒤에서 쑥 뻗어 나온 손이 다짜고짜 시스벨의 양어깨를 붙잡 았다.

"시스벨 씨이이?"

"밤중에 방에서 빠져나와 뭘 하나 했더니."

"──아, 아차?!"

뒤를 돌아본 순간, 시스벨의 얼굴은 공포로 파랗게 질렸다.

미스미스 대장과 네네.

두 사람의 눈빛은 마치 육식동물을 발견한 사냥꾼처럼 번쩍번 쩍 빛나고 있었다.

"자, 방으로 돌아갈까?"

"착한 아이는 이미 잘 시간이니까."

그대로 시스벨은 질질 끌려갔다.

저항하고 싶어도 양팔을 미스미스 대장과 네네에게 꽉 잡혀서 움직일 수 없었다.

"아아아아아아악! 지고의 폭신폭신이 내 눈앞에 있는데……!"

천제의 방에 시스벨의 원통한 목소리가 울려 퍼졌다.

3

제도의 밤이 깊어졌다.

하늘에는 칠흑의 장막이 드리워져 있었고, 번화가의 불빛도 하나둘씩 꺼지고 있었다.

그러나——.

창문이 없는 천수부에서는 제도의 밤 분위기는 알 수 없었다. 오히려 지금이 진짜로 밤인 걸까?

거실에 있는 시계가 밤을 알리고 있을 뿐이지, 실은 아직 저녁때가 아닐까?

그렇게 의심하고 싶어질 정도였다.

"————."

쏴아아아. 욕실에 울려 퍼지는 물방울 소리.

그리고 눈앞을 하얗게 물들이는 수증기. 평소 같으면 너무 뜨겁다고 느낄 정도로 뜨거운 물을 앨리스는 머리에서부터 뒤집어쓰고 있었다.

"……난처하네……."

푹 젖은 자신의 알몸과, 맨살에 달라붙은 머리카락.

흐려진 거울 속에 비친 자기 모습에서 눈을 떼더니 앨리스는 촉촉한 이마를 욕실 벽에 딱 붙였다.

"……사실 나는, 이런 짓을 하고 있을 때가 아닌데."

샤워를 하면서.

어제와 오늘 있었던 일을 회상했다.

자신과 린이 단둘이 보내는 하루. 그리고 적국의 이스카가 그곳에 있었다. 그와 함께 뭘 먹을지 정하고, 그가 요리한 음식을 먹었다.

그런 「비일상」이 어찌나 자극적인지.

적국인 제국에 있다는 사실을 차치하더라도 그랬다. 아니, 실은 이곳이 네뷸리스 황청이 아니기 때문에 왕녀라는 답답한 입장에서도 해방되어————.

그래서 괴로웠다.

"……언니…… 도대체 어디까지 생각하고, 나에게 그런 말을 한 거야……?!"

이런 비일상을 기분 좋게 느끼면 느낄수록.

이스카와 함께하는 비일상을 경험하면 경험할수록.

언니의 말이 한층 더 날카롭게 자신을 덮쳤다.

"이것이 우리의 차이야. 내 곁에는 기사가 있어."
"앨리스, 너는 어때? **네 곁에서 싸워줄 기사가 있니?**"

".............."
틀림없이 이게 처음이자 마지막 기회일 것이다.
자신이 제국에 있는 동안에만 이스카가 곁에 있는 것이다.
당당하게 이야기를 나눠도 된다. 지금만은 그것이 허락된다.
설령 그것이 '내 기사가 되어줘'라는 부탁이라 해도——.
……언니는 제국의 적이기도 하니까.
……내 기사가 되어 달라고 말하는 것은…… 허락되지 못할 일
은, 아니야…….
하지만.
그것은 정말로 이스카가 바라는 일일까?
이스카와의 완전한 협력 관계를 원하는 순간, 분명히 모든 것
이 달라질 것이다.
그리고 그 순간에——.

틀림없이 우리의 라이벌 관계도 끝날 것이다.

"……이스카는…… 어떻게 생각할까……?"

똑같은 망상만 빙글빙글 머릿속에서 맴돌고 있었다.

만약에——.

자신이 그를 부른다면, 그는 그 부름에 응해줄까?

하지만 정말로 그런 것을 바라도 되는 걸까?

"……아아, 진짜. 이건 아니야! 오늘은 여기까지. 여기서 쓸데없이 열심히 생각해봤자, 꼭 언니의 술수에 놀아나는 것 같잖아!"

고개를 번쩍 들었다.

촉촉해진 금발 머리를 수건으로 모아 올리고 욕실에서 뛰쳐나갔다. 맨살에 묻은 물기를 수건으로 닦은 뒤 목욕 가운을 걸치고 거실로 갔다.

"린, 오래 기다렸지? 이제 교대…………."

거실에 한 발 들여놨을 때, 거기 있는 인물과 눈이 마주쳤다.

린이 아니라 감시자 이스카와.

"…………."

"…………."

기시감.

그러고 보니 예전에도 비슷한 상황이 있었던 것 같다.

"으아악?! 애, 앨리스?!"

"미, 미안!"

허둥지둥 목욕 가운을 끌어당겨 가슴팍을 가렸다.

곧바로 잠옷으로 갈아입을 생각이었으므로, 간신히 끈은 묶었어도 가슴은 훤히 드러낸 거나 마찬가지였다.

"……저기…… 앨리스……."

이스카가 손에 들고 있는 것은 소형 촬영기기.

아마도 감시 카메라를 점검하는 중이었나 보다.

"……여기는 카메라로 찍고 있으니까, 너무, 그…… 아무 데서나 옷을 벗고 다니는 취미는 좀 자제하는 편이……."

"그런 취미는 없거든?!"

오해를 샀다.

하기야 그렇게 오해할 만한 일은 있었지만, 앨리스에게 그런 취미나 취향은 전혀 없었다.

오히려——.

실은 목구멍에서 "꺅?!" 하는 비명이 튀어나올 뻔했다.

자기가 다 큰 처녀란 사실은 인식하고 있다. 남에게 맨살을 보여줬는데 부끄럽지 않을 리가 없었고, 만약에 상대가 다른 제국 병사였다면 굴욕까지 느꼈을 것이다.

……하지만.

……그래도, 맨살을 보여준 상대가 이스카라서.

신기하게도 이해하고 넘어갈 수 있었다.

부끄러운 마음보다는, 알몸을 좀 보여줬다고 해서 비명을 지를 정도로 나약한 자기 모습을 보여주고 싶지 않은 마음이 더 컸다.

그래서 저도 모르게 허세를 부려——.

"구, 굳이 말하자면, 난 남에게 보여줘도 부끄럽지 않은 몸을 가지고 있는 거야! 그래, 이것은 너보다 한 살 더 많은 어른의 여유야!"

"……이 상황에선 부끄러워해야 하는 게 아닐까?"

이스카가 시선을 피했다.

그렇게 당황하고 부끄러워하는 모습을 보니 앨리스는 무척 즐거워졌다.

——전장에서는 그토록 날카로웠던 안광이.

——지금은 순진무구하고 어려 보일 정도였다.

조금 더.

조금만 더 장난을 치고 싶다. 무심코 그런 생각을 했다.

"마침 잘됐어. 이 기회에 가르쳐줄게. 내가 얼마나 성숙한 어른인지!"

힐끔 천장을 확인.

앨리스는 감시 카메라에 비치지 않는 각도로 이동해서 소파에 편하게 앉았다.

"……그, 그래. 왠지 다리를 꼬고 싶은 기분이네?"

이스카의 눈앞에서——.

보란 듯이 다리를 꼬았다. 목욕 가운 가장자리로 새하얀 허벅지가 미끈하게 드러났는데, 물론 이것은 계산된 움직임이었다.

그렇다. 이게 바로 어른의 여유.

자신은 이스카보다 한 살이나 더 많은 것이다. 그러니까 좀 대담한 포즈를 취해도.

"도, 도도도도동요할 리가, 어어어어어없잖아……?!"

"엄청나게 무리하고 있는 거 아냐?!"

"무리한 적 없어!"

순간적으로 그렇게 대꾸했을 때.

앨리스는 자기도 모르게 돌이킬 수 없는 선을 넘어버렸다. 무리하고 있다는 사실을 정확히 지적당하는 바람에 무심코 발끈해서, 반사적으로——.

"이게 끝이 아니거든, 이스카?!"

소파에서 벌떡 일어나더니, 아까 단정하게 여몄던 목욕 가운의 옷깃을 양손으로 잡았다.

"내, 내가 진짜 마음만 먹으면, 이 정도는————."

목욕 가운의 가슴팍을 풀어헤쳐서 전부 다 과시하듯이 보여주려고——.

"앨리스 님, 내일 스케줄 말입니다만."

밖에 나갔던 린이 거실에 들어온 것은 바로 그때였다.

그 시종은 얼빠진 표정을 지었다.

제국 검사 이스카 앞에서 스스로 목욕 가운의 가슴팍을 풀어헤치려고 하는 주인의 기행을 목격했기 때문이다.

"…………."

"…………."

"…………린, 잠깐만."

앨리스는 간신히 그렇게 입을 열었다.

참고로 확 열어젖히려고 했던 옷깃은 아직 양손으로 붙잡고 있었다.

"……오해야. 이것은, 내 의사가 아니라———."

"앨리스 님."

린이 진지한 표정으로 방구석에 있는 가방을 집어 들었다.

그리고 그 안에 앨리스와 자신의 물건들을 꽉꽉 채워 넣더니.

"당장 황청으로 돌아가시죠. 제국 생활의 스트레스가 폭발해서, 마침내 목욕 가운을 열어젖히고 자기 가슴을 드러냄으로써 승인 욕구를 충족시키려고 하다니———."

"아니야! 저기, 린, 그런게 아니야. 제발 내 이야기를 좀 들어 줄래?!"

"최근에 느꼈습니다만. 어쩌면 앨리스 님은 옷을 벗고 싶어 하는 취미가 있으신 게……."

"너까지 그런 말을 한다고?! 아니, 아니라니까!"

돌아갈 준비를 하는 린.

앨리스는 그런 시종에게 매달려 필사적으로 설득을 하는 것이었다.

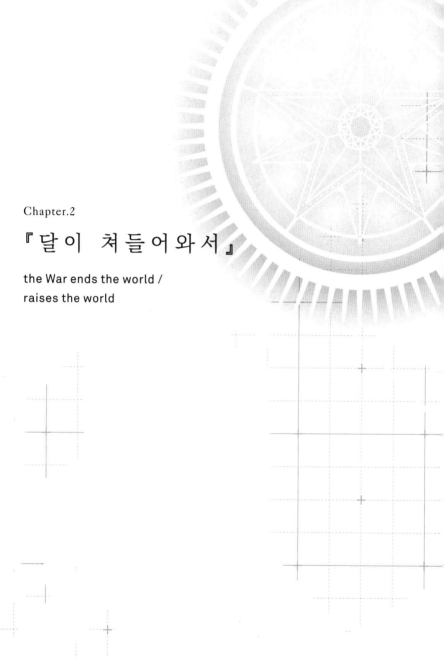

Chapter.2

『달이 쳐들어와서』

the War ends the world /
raises the world

1

이스카와 앨리스의 공동생활은 어느덧 5일째를 맞이했다.

"천제 폐하는 아직도 숙면 중이야. 회복되려면 시간이 조금 더 걸릴 것 같대."

"알았다."

천제의 방에 다녀온 이스카에게 그렇게 대꾸한 사람은 린이었다.

지난 며칠 동안 린의 일과는 정보지를 닥치는 대로 읽는 것이었다. 제국에서 발행된 신문과 잡지 등을 하루 종일 수십 권씩이나 열심히 읽고 있었다.

"……저기, 혹시 나보다 더 제국을 잘 알게 된 거 아냐?"

"심심풀이다. 이런 것은 정보 수집이라고 할 수도 없어."

린은 역 앞에서 나눠줄 것 같은 얄팍한 가십 잡지를 바라보면서 그렇게 말했다.

"제도 3번가에서 행방불명된 아기 고양이 믹시가 일주일 만에 발견됐다고 한다. 정말 관심 없는 이야기인데, 그렇게 관심 없는 기사까지 다 읽을 정도로 한가하다는 거다. 왜냐하면 외출이 금지되어 있으니까."

"……그 점에 대해서는 미안하게 생각하고 있어."

앨리스와 린은 둘 다 제국에서는 「마녀」다.

고로 밖에 나가서 관광할 수는 없다.

"그런데 앨리스는 뭐 해?"

"오늘도 훈련 중이시다."

린은 잡지를 보면서 말했다.

"무슨 바람이 부셨는지 '심심하니 요리 연습이라도 해볼까?'라고 말씀하시더라고. 너도 알다시피 어제는 계란프라이였으니까, 오늘은 아마──."

"계란말이가 완성됐어!"

그때 주방에서 앨리스의 환호성이 들렸다.

"린, 맛을 봐줘. 내 혼신의 역작인 이 계란말이를 먹어봐!"

큰 접시를 들고 뛰어오는 앨리스.

군데군데 탔고 형태도 거의 다 무너졌는데, 그래도 이 선명한 노란색과 맛있는 냄새는 확실히 계란말이 같은 느낌이 들었다.

"이스카, 딱 좋은 타이밍에 돌아왔구나!"

이쪽을 보자마자 앨리스는 계란말이 접시를 쑥 내밀었다.

"오늘은 계란말이를 배웠어. 자, 어때. 훌륭하지? 나도 내 요리의 재능이 슬슬 무서워질 정도야!"

"응."

"응, 그렇지?!"

즉답.

실은 어제도 비슷한 대화가 오갔는데, 그때 린이 정색하면서 "그 정도는 누구나 다 할 수 있는데요"라고 대답했다가 앨리스가 한나절이나 기분이 안 좋아졌었다. 그런 과거를 기억하고 이렇게 대답한 것이다.

"역시 앨리스는 대단해. 습득 속도가 빨라."

"아이참, 이스카. 역시 너라면 내 재능을 이해할 줄 알았어!"

점점 더 기분이 좋아진 앨리스.

"좋아, 이스카. 나의 계란말이 1호를 맛볼 기회를 줄게!"

"뭐? 아니, 그건 좀 황송한데. 네가 처음 완성한 계란말이잖아?"

"응, 그런데 내가 너한테 주고 싶어서 그래."

앨리스는 큰 접시를 좀 더 적극적으로 내밀었다.

"자, 먹어봐!"

"……어—. 하지만."

이스카가 어떻게 대답할지 망설인 순간.

그 찰나의 타이밍에 이스카 옆에서 쑥 하고 다른 손이 튀어나왔다.

검은 머리 소녀가 내민 손이었다.

"그러면 제가 맛을 보겠습니다."

"뭐?"

"어?"

"응?"

이스카와 앨리스와 린이 동시에 어리둥절해진 사이에.

달의 왕녀 키싱은 앨리스의 접시에 담긴 계란말이를 가볍게 집어 들었다. 그리고 그것을 작은 입에 쏙 집어넣더니.

"……4점."

"아, 아, 아니, 이게 무슨……."

부들부들 떠는 앨리스.

텅 빈 접시를 내던지고 즉시 검은 머리 소녀에게 삿대질하더니.

"그 점수는 뭐야————?!"

앨리스는 지난 며칠을 통틀어 가장 화난 얼굴을 보여주면서 포효했다.

━━━━━━━

천제의 방.

방의 주인인 천제 융메룽겐은 계속 자는 중이었고, 여자 병사 두 사람이 그 모습을 지켜보고 있었다.

"……안 일어나네."

"안 일어나지. 이렇게 된 폐하는 오래 걸리거든."

정좌한 미스미스.

그리고 그 옆에는 익숙한 것처럼 느긋하게 바닥에 누워 있는 리샤가 있었다.

"미스미스, 너도 그렇게 딱딱하게 앉아 있지 말고, 잡지라도 들고 와서 편하게 누워서 기다리지 그래? 아, 폐하의 꼬리 같은 것을 쓰다듬어도 돼."

"그런 짓을 어떻게 해?!"

미스미스는 시스벨의 동행 겸 감시라는 중대한 역할을 맡고 있었다.

지금은 잠깐 네네에게 맡기고 왔지만, 이 방에서 그렇게 태평하게 있을 수는 없었다.

"…………."

"응, 그래서 나한테 하고 싶은 말이 뭔데?"

"뭐?"

리샤의 갑작스러운 한마디에 미스미스는 깜짝 놀라 고개를 들었다.

"혹시 내 표정에서 티가 났어?"

"네가 안절부절못하고 있었잖아. 시스벨 왕녀를 감시하는 중인데, 그 임무를 네네 한 사람한테 맡겨놓고 여기 오다니. 그것 자체가 평소의 미스미스답지 않은 일인걸."

리샤는 진지한 표정이었다.

그 얼굴을 가만히 바라보던 미스미스는 문득 천장을 쳐다봤다.

그리고 뭔가 찾는 것처럼 천장의 네 귀퉁이를 둘러보더니.

"……그동안 쭉 마음에 걸렸는데. 천수부에는 성령 에너지 검출기가 없는 거야? 그러니까, 그거 말이야. 마녀가 통과하면 삐—

하고 소리를 내는 거."

"없어."

"……그건 천제 폐하에게도 반응하기 때문이야?"

"그래."

동그랗게 몸을 말고 잠을 자는 수인. 리샤는 똑같이 누운 채 그

쪽을 가리키면서 말했다.

"100년 전에 폐하는 대량의 성령 에너지와 『재액』의 힘을 둘 다

뒤집어쓰는 바람에 이런 모습으로 변해버렸어. 폐하의 온몸에서

성령 에너지가 흘러나오기 때문에, 성문(星紋)을 밴드로 가리는 방

법도 사용할 수 없어."

"————."

거침없이 설명하는 리샤. 그 대답을 들으면서 미스미스는 말없

이 왼쪽 어깨를 누르고 있었다.

성문을 숨긴 부위를.

"……천제 폐하도 힘드시겠다."

"미스미스."

안경 너머에서 리샤의 눈이 고요하게 빛났다.

"**정말로 물어보고 싶은 것**을 말해봐. 그렇게 빙빙 돌려 물어보

지 말고."

"……으……."

"머리를 싸쥘 필요 없다니까. 응?"

"······그, 그럼, 말해볼게······."

정좌한 미스미스가 바닥에 드러누운 리샤를 가만히 바라보면서 말했다.

"리샤의 성문은 인공적인 거랬지? 나하고는 달리."

"맞아. 예전에 진진과 네네땅에게 만들어줬던 성문의 개량판. 그냥 내버려 두면 저절로 사라지는 거야. 너하고는 달리."

"······진짜 마녀가 된 제국 군인은, 어떻게 되는 걸까?"

"행복해진 사례는 본 적이 없는데."

"너무 솔직하잖아?!"

그 대답이 너무나 꾸밈없고 빨라서, 미스미스는 슬픔조차 느낄 수 없었다.

"저, 저기, 좀 더 좋게 말해줄 수도 있잖아······?!"

"100년 전부터 그랬어."

리샤는 누운 채 재주도 좋게 어깨를 으쓱하면서 말했다.

"성령술사도 원래 따지고 보면 제국 사람이었지. 그런데도 제국을 떠나 네뷸리스 황청을 건설했어. 그리고 이 시대에는, 제국 군인이 마녀가 되면 더 큰일 나는 거야. 제국과 황청 사이에 끼어서 이러지도 저러지도 못하게 되니까. 어느 쪽에 소속되어도 미움받을 테고."

"··········응······ 그렇지······."

휴 하고.

고개를 끄덕일 기력도 없이 미스미스는 힘없이 숨을 내쉬는 것

이 고작이었다.

"맞아, 리샤의 말대로———."

"최초의 선구자가 되어보는 것은 어때?"

"…………뭐?"

"내가 말한 것은 과거의 이야기야. 지금까지는 본 적이 없다는 거지."

입을 딱 벌리는 미스미스.

그 앞에서 리샤는 가볍게 몸을 일으켰다.

"제국 군인이 마녀가 됐지만 행복하게 잘 살았습니다. 그런 최초의 사례가 되면 되잖아. 나는 뭔가를 약속할 수는 없지만. 이스캇치를 비롯한 제907부대 사람들은 그런 부분도 다 이해할 것 같은데?"

"………… ."

"폐하도 너를 나쁘게 대하진 않을 거야. 미스미스한테는 그동안 쭉 귀찮은 임무를 맡겼으니까. 네우르카 수해에서의 빙화의 마녀 퇴치라든가, 뮈드르 협곡의 볼텍스 처리라든가."

"아, 맞아! 사실 그건 리샤 탓이잖아?!"

미스미스는 앉은 채 펄쩍 뛰었다.

눈앞에 있는 사도성을 가리키면서.

"내가 마녀가 된 것도, 따지자면 네가 막무가내로———."

"어이쿠, 잠깐만. 연락이 왔네."

"도망치려는 거야?!"

"아냐, 아냐. 진짜야. 진짜로 연락이 왔다니까. ……어라? 메이 씨다."

리샤가 통신기를 꺼내 들었다.

"네, 무슨 일이죠?"

『미안, 리샤야. 마녀가 도망쳤어.』

"…………네?"

리샤가 얼빠진 표정을 지었다.

"……키싱이?"

『그래, 그 녀석이 화장실에 들어갔을 때. 내가 화장실 안까지도 감시 카메라로 지켜보고 있었거든. 그랬더니 그 마녀가 당당하게 감시 카메라 앞에서 화장실 벽에다 구멍을 뻥뻥 뚫어놓고 복도로 뛰쳐나가더라니까?』

"탈주한 겁니까?!"

『몰라─. 혹시라도 딱 마주치면 위험하니까 연락은 했는데, 어차피 천수부에서는 도망 못 가. 자, 여기까지! 보고 끝!』

일방적으로 통화가 끊겼다.

가시의 마녀 키싱이 천수부 안에서 도주 중.

그 소식을 들은 미스미스와 리샤는 등골이 오싹해졌다. 이것은 대사건의 예감이 들었다.

"리, 리샤야, 어떡하지?! 그 마녀는 얌전히 있을 거라고 하지 않았어?!"

"붙잡아서 취조를 해봐야겠네."

리샤는 한숨을 쉬면서 일어났다.

"곤란하다니까. 이렇게 천제 폐하가 푹 주무시는데 소란을 피우면."

『──그러게 말이야.』

"그렇죠? 폐하. ……어? 폐하?"

『흐아암…….』

리샤와 미스미스는 휙 돌아봤다.

그랬더니 은색 수인이 늘어지게 하품을 하고 있었다. 다다미 바닥에서 일어나 책상다리하고 앉아서 두 사람을 쳐다보는 자세였다.

"일어났어요?!"

『너희들이 시끄럽게 굴어서 일어난 거야. 메이의 술래잡기는 뭐 그렇다 치고. 리샤, 일단 너는 네뷸리스의 왕녀들을 데려와줘.』

"즈, 즉시 데려오겠습니다!"

『2분 내로.』

리샤와 미스미스가 방에서 뛰쳐나갔다.

그 뒷모습을 지켜보면서 천제 융메룽겐은 다시 한번 크게 하품했다.

———

천수부, 4층.

그 방의 거실에서 이스카와 앨리스와 린은 일제히 후다닥 뒤로 물러났다.

"""키싱?!"""

이스카는 경계하느라.

그리고 앨리스와 린은 이 소녀의 갑작스러운 출현에 깜짝 놀라서.

"…………."

달의 왕녀는 말이 없었다.

왜냐하면 앨리스의 계란말이를 우물우물 씹으면서 맛보는 중이기 때문이었다. 그런 키싱에게 앨리스가 맨 먼저 바싹 다가가──.

"저기, 키싱?! 당신은 사도성한테 감시당하고 있는 게…… 아니, 그보다도! 갑자기 이 방에 쳐들어와서 내 계란말이를…… 그건 이스카가 먹을 거였는데!"

"…………."

"무슨 말이라도 해보지 그래?!"

"푸헉!"

키싱이 계란말이를 토해냈다.

"꺅?! 자, 잠깐, 뭐 하는 거야?!"

"쿨럭."

힘없이 기침하는 달의 왕녀.

"······아아, 큰일 날 뻔했다······. 이 맛은, 토하지 않으면 죽었을 거예요······."

"아니, 갑자기 너무 무례한 거 아냐?!"

"입가심으로 차를 내주실 수 있을까요?"

"심지어 손님 행세를 하고 있네?! 저기, 키싱. 잘 들어! 당신은 우선 이 방에 갑자기 쳐들어온 이유부터 설명해야 하지 않을까?!"

"숙부님은 제가 부탁하면 뭐든지 준비해 주셨습니다."

"윽."

앨리스의 입가가 굳어졌다.

달의 왕녀가 말하는 「숙부님」은 가면 경이었다.

앨리스의 처지에서 보자면──.

그는 일리티아 언니의 만행에 말려든 희생자 중 한 명이었다. 그러니까 가면 경이 그렇게 된 것은 너희 언니 탓이다! 하고 책임을 추궁당하는 듯한 한마디였다.

"······알았어."

앨리스는 옆머리를 손으로 살짝 훑더니 말했다.

"자, 그러면 이스카, 부탁해. 나는 논카페인 홍차로 할게. 린, 너는?"

"저는 백탕이면 됩니다. 자, 빨리 해라. 제국 검사."

"내가 하는 거야?!"

이거야말로 시종의 역할이잖아?

이스카는 그렇게 말하려고 했는데, 그때 키싱이 그의 소매를 슬쩍 잡아당겼다.

"……왜?"

"저는 밀크티를 마시고 싶습니다. 비율은 우유가 8, 홍차가 2. 뜨거운 것은 못 먹으니까, 온도는 약간 미지근하게 해주세요."

"……노력해 볼게."

세 소녀의 강력한 요구에 의해 이스카는 어쩔 수 없이 주방으로 가게 되었다.

"……수다쟁이구나. 미처 몰랐네."

테이블을 사이에 두고.

먼저 찻잔을 비운 앨리스가 맞은편에 있는 왕녀에게 말을 걸었다.

"당신은 늘 가면 경과 같이 있었지. 나나 대신 중 누군가가 말을 걸어도, 당신이 아니라 가면 경이 이야기를 했었어."

"떨고 있어요."

"?"

"말을 할 때, 무서워서 떨고 있어요. 하지만 제가 말을 하지 않으면 안 되니까요. 숙부님이 눈을 뜨실 때까지."

"……그런가. 알았어."

앨리스는 씁쓸하게 입을 꾹 다물었다.

그리고 달의 왕녀의 자수정처럼 빛나는 두 눈동자를 똑바로 바라봤다.

"하나 더 물어봐도 될까. 당신, 그 **눈**은 숨기지 않아도 돼?"

"숨길 필요가 없어졌다──고 숙부님이라면 말씀하실 겁니다. 제국군에게, 그리고 루 가문의 당신들에게도 이미 알려졌으니까요."

키싱 조아 네뷸리스 9세의 성령은 『눈』에 깃들어 있다.

즉, 성문이 눈에 박혀 있는 것이다. 이것은 성령술사로서 매우 보기 드문 사례이자 특질이라고 해도 과언이 아니었다.

"성령 에너지의 흐름을 지각할 수 있습니다. 제국군의 검출기보다 훨씬 더 고성능이에요. 뮈드르 협곡에서 볼텍스를 발견한 사람도 저였어요."

"……!"

이스카가 숨을 삼켰다. 그 옆에서 앨리스와 린도 비슷한 반응을 보였다.

볼텍스의 성령 에너지를 뒤집어쓰면 성령술사의 힘이 강화된다. 그리고 키싱은 그 역장(力場)을 누구보다도 먼저 발견할 수 있다.

……즉, 독점할 수 있다!

……조아 가문이 키싱을 소중히 여기는 것도 이해가 가는구나.

평범한 왕녀가 아니다.

키싱이란 최강의 『눈』이 있으면, 조아 가문은 볼텍스의 힘을 독점해서 자신의 군대를 무한히 강화할 수도 있었다.

"저기, 괜찮겠어? 그런 조아의 비밀을 루 가문의 나에게 가르쳐주다니."

"당신이 아닙니다."

키싱의 눈이 이쪽을 바라봤다.

"당신입니다. 이스카."

"······우리 제국한테 자기 능력을 가르쳐주는 것도, 항복의 증거란 건가?"

"제발 부탁드립니다."

달의 왕녀가 자리에서 일어났다.

그리고 그 직후. 윤기 나는 까만 머리카락이 바닥에 닿는 것도 마다하지 않고, 키싱은 이마를 바닥에 대고 있었다.

"이렇게 부탁드릴게요. 저와 함께 마녀 일리티아를 쓰러뜨려주세요."

"읔! 키싱 님, 그만두세요!"

린이 키싱에게 뛰어갔다.

바닥에 무릎 꿇은 달의 왕녀를 끌어안더니 억지로 일으켜 세웠다.

"키싱 님, 이 남자는 제국 병사입니다! 그런데 황청의 왕녀인 당신이 고개를 숙이다니, 그런 일을 하면──."

"누가 슬퍼한다는 거야?"

"?!"

왕녀가 휙 돌아보며 대꾸하자, 거꾸로 린의 말문이 막혀버렸다.

"다시 한번 물어볼게. 내가 이 남자에게 항복한다고 해서, 황청의 누가 슬퍼한다는 거야? 그것을 슬퍼하실 숙부님은 눈을 못 뜨고 계시는데."

"그…… 그건……."

"——알았어, 키싱. 충분하니까 그만해."

"——린, 키싱을 놔줘."

딱 맞게.

조화로움이 느껴질 정도로 완벽하게 이스카와 앨리스의 목소리가 겹쳤다.

"린, 우리가 끼어들 수 있는 이야기가 아니야."

앨리스는 천천히 고개를 옆으로 흔들었다.

"일리티아 언니를 막고 싶은 마음은 우리 모두 마찬가지야. ……아니, 오히려 각오가 덜 됐던 것은 나였을지도 몰라. 방금 키싱을 보고 그런 생각을 했어."

"저, 앨리스 님?!"

"나는 제국에 항복할 마음은 없어. 하지만……."

앨리스가 뭔가 말하기 어려운 것처럼 허공을 쳐다봤다.

그 상태로 자꾸만 이쪽을 힐끔힐끔 보다가 고개를 반대쪽으로 돌리길 반복하더니.

"저기, 그, 이스카. 나도 정식으로 하고 싶은 말이————."

『흐아암…… 안녕?』

그때 몹시 나른한 목소리가 천수부의 모든 층에 울려 퍼졌다.

또다시 잠들 것 같은 말투로 늘어지게 하품하더니.

『아직 80시간쯤 수면이 부족하긴 한데, 리샤가 너무 크게 떠들어대서 일어났어. 어, 그러니까. 무슨 이야기를 하려고 했더라……? 잠을 자면 기억이 초기화되니까…… 아, 맞다. 마녀 일리티아 이야기였지. 그 여자를 그렇게 변모시킨 원흉에 관해 이야기하자.』

2

이스카와 앨리스와 린, 그리고 키싱.

네 사람이 천제의 방에 도착했을 때는 이미 다른 사람들은 모두 다 큰 방에 모여 있었다.

제907부대와 시스벨.

그리고 더 안쪽에는 리샤가 있었고, 키싱을 놓친 메이가 기분이 안 좋은 것처럼 팔짱을 끼고 있었다.

"야, 마녀 아가씨. 그렇게 당당하게 빠져나가다니. 아주 배짱이 두둑하셔?"

"———."

"무시하는 거냐?!"

"당신이 천제입니까?"

키싱은 자신을 쏘아보는 메이의 옆을 태연히 지나쳐 가더니, 발 뒤에 앉아 있는 인물을 쳐다봤다.

유쾌하게 이쪽을 내려다보고 있는 수인을.

『네뷸리스의 왕녀. 거참 **좋은 눈을 가지고** 있구나.』

팔걸이에 기대어 턱을 괴고 있는 은색 수인.

『멜른이 천제인지 아닌지는 네 마음대로 판단하면 돼. 멜른은 이야기를 할 뿐이니까. 너도 그 이야기를 듣고 싶어서 온 거잖아?』

"……일리티아의 이야기죠?"

『맞아. 원래 네뷸리스 제1왕녀였던가? 그것을 그런 괴물로 변모시킨 원흉이 있어. 자, 거기서부터 이야기를 시작하자.』

천제 융메룽겐이 등 뒤에서 모형 한 개를 꺼냈다.

성의(星儀)──새파란 공은 바다를 표현한 것인데, 그 위에 대륙이 그려져 있었다. 수인은 그 공의 한가운데를 가리켰다.

『이 별의 중추를 봐.』

성의가 쩍 하고 반으로 갈라졌다.

그 절단면은 갈색「지각」, 연두색「맨틀」, 그리고 새파란「중추(핵)」라는 세 개의 층으로 나뉘어 있었다.

『별의 최심부(最深部)──본디 이 별의 중추는 성령들이 사는 곳이었어. 그런데 머나먼 고대에 이물(異物) 하나가 거기에 끼어들었다. 그것은 훗날 별의 백성이「별의 종말」이라고 부르며 두려워하게 된 재액이야.』

별의 중추를 가리키며 말을 이었다.

『이것은 월드 에너미, 즉 별의 대적(大敵)이라고 불리기도 하는데. 왜 재액인 걸까? 그 해답은 너희의 눈앞에 있어. 자, 봐. 멜른의 모습을 보면 알 수 있잖아?』

은색 수인이 이번에는 자기 자신을 가리켰다.

이형으로 변한 모습을.

『이 재액은 말이지. 인간과 성령을 미지의 이형으로 변모시켜. 그런 예가 멜른이고, 마녀 일리티아이며, 허구 성령 에이도스야.』

별의 재액은 「변형시키는 것」이다.

천제를, 은색 수인으로.

왕녀를, 새까만 그림자 덩어리 같은 마녀로.

미친 과학자를, 등에 거대한 돌기물이 돋아난 타천사로.

성령을, 대지의 에이도스로.

성령을, 바다의 에이도스로.

"저기, 잠깐만……!"

앨리스의 입술이 파랗게 질렸다.

"우리가 싸웠던 그 에이도스란 괴물이 실은 성령이었단 말이야?!"

『사태의 위험성을 이해했어? 그래, 맞아. 성령들은 그게 무서워서 잇따라 별의 중심부에서 도망쳐 나온 거야. 아무것도 모르는 황청 사람들은, 그렇게 지상으로 도망쳐 나온 성령을 별의 은혜라고 착각해서 볼텍스라고 이름을 지어줬고.』

"······우리는······ 아무것도 몰랐다고······?"

꽉 눌러 죽인 앨리스의 한마디.

볼텍스는 성령 에너지가 분출되는 장소라고 믿었다.

그런데 제국과 황청이 쟁탈전을 벌였던 그곳의 아주 먼 지저에서는, 무수한 성령들이 별의 재액 때문에 궁지에 몰려 있었던 것이다.

"······알았어. 이야기를 계속해줘. ······전부 다 믿고 싶지 않은 이야기지만······."

앨리스는 천제를 쳐다봤다.

"그 힘이 언니를 변모시킨 거구나."

『일리티아는 예외야. 그 힘이 변모시킨 게 아니라, 본인이 스스로「변모」했잖아? 그 왕녀는 스스로 원한 것 같던데. 그 동기는 멜른도 몰라. 자매인 네가 더 잘 알지 않아? 앨리스리제 왕녀.』

"······그건······."

앨리스는 말문이 막혀 우물거렸다.

그러는 사이에 키싱이 한 발 앞으로 나섰다.

"단도직입적으로 가르쳐줘요."

『무엇을? 달의 왕녀.』

"저의 복수 대상 말입니다. 그동안 마녀 하나뿐인 줄 알았는데, 그 마녀에게 힘을 준 원흉도 따로 존재한다는 거죠?"

『응. 그리고 한낱 복수가 아니야. 이것은 별을 구하는 위업이야. 자랑스럽게 여겨도 돼.』

천제는 고개를 끄덕이며 수긍했다.

『별의 재액을 해치우지 않는 한, 언젠가 이 별의 모든 인간과 성령은 이형으로 변하게 될 거야. 이런 멜른 같은 모습으로.』

"……천제. 그 『언젠가』란 것은 미래의 어느 시점인가?"

『**현재 진행 중**이야.』

린의 질문에도 천제는 빠르게 대답했다.

『자기 눈으로 보고 싶다면 확인해 봐. 이 별의 종말이 한발 먼저 닥쳐온 장소가 있어. 카탈리스크 오염 지역의 모습을 보라고.』

"……그게 어딘데?"

『황청의 백성인데도 모르는 거야? 제국에서 멀리 떨어진 북서쪽에 있는 곳인데. 곤충도 식물도 사라진 부패한 대지야. 그런 의미에서는 제국과도, 황청과도 상관없는 땅이지. 왜냐하면 불타버린 들판보다도 더 심하게 아무것도 없는 곳이거든..』

천제가 손에 들고 있는 성의를 빙글빙글 돌렸다.

그리고 대륙 북서부에 해당하는 가늘고 긴 지형을 손가락으로 가리켰다.

『카탈리스크 오염 지역은 이 대륙에서 가장 비정상적인 장소야. 그곳에 가려면 안내인이 필요해. 그 녀석이 슬슬 올 때가 됐는데.』

"————꺄악?!"

미스미스 대장이 비명을 지른 것은 바로 그때였다.

"누, 누구야?! 내 엉덩이를 만진 사람…… 네네, 너야?!"

"네네는 아닌데."

"그럼 시스벨 씨?!"

"나는 대장의 오른쪽에 있어요. 아니, 애초에 대장의 뒤에는 아무도 없습니다만."

"……뭐?"

미스미스가 뒤를 돌아봤다.

그곳에 모두의 시선이 집중됐지만, 시스벨의 말처럼 미스미스의 뒤에는 아무도 없었다.

『응? 아, 거기 있었구나. 이리 와.』

천제가 손짓했다.

그 순간 바스락 하고. 곤충의 날갯짓 소리보다도 더 작은 기척이 느껴졌다.

"누, 누가 있어?!"

"이봐, 누구야? 거기 있는 놈."

이스카와 메이가 돌아본 곳은, 천제의 자리에 드리워진 발 앞이었다.

그곳의 공기가 아지랑이처럼 일렁거리더니 곧바로 누군가가 나타났다. 누더기를 걸친 소인이었다. 기껏해야 성인의 허리에나 닿을 정도로 키가 작은 소인.

"아, 아니, 이 생물은 뭐야?!"

당황해서 펄쩍 뛰어 물러나는 미스미스 대장.

"설마 내 엉덩이를 만진 게…….”

『**별의 백성**이야.』

천제는 그 자리에 나타난 소인을 손짓으로 불렀다. 그리고 후드 쓴 그의 머리를 쓰다듬어 줬다.

마치 작은 어린아이를 다루는 듯한 손놀림이었다.

『성령과 융합한 원시 종족인지, 아니면 처음부터 그런 모습이었는지. 그것은 그 녀석들도 모르고, 사실 아무래도 좋아. 중요한 것은 이 별의 백성이야말로 누구보다도 오랫동안 성령과 공존한 역사가 있다는 거야.』

『————.』

천제의 발에 매달리는 소인.

후드를 벗은 그 맨얼굴은 한마디로 말해 동화 속의 요정 같다고나 할까. 커다란 눈동자, 무지개색 그러데이션이 들어간 머리카락이 유독 선명해 보였다.

"귀여워요!"

시스벨이 감동한 것처럼 소리를 질렀다.

반짝반짝 빛나는 눈동자로 천제에게 매달린 소인을 뚫어져라 보면서 말을 이었다.

"이 얼마나 환상적이고 귀여운지! 저, 저기…… 좀 안아 봐도 돼요?! 이왕이면 제 방에서 자고 가셔도……!"

『————!』

별의 백성이 펄쩍 뛰었다.

새 울음소리 같은 비명을 지르더니 천제의 의자 뒤에 숨어버렸다.

『아— 이런. 나 참, 어디 사는 육식동물이 거친 콧김을 뿜으면서 다가오니까…….』

"누가 육식이란 거예요?!"

『별의 백성은 겁이 많아. 성령이 지켜주는 성역이 있는데, 보통은 거기서 결코 밖으로 나오려고 하지 않아. 이렇게 인간이 사는 대지까지 오는 것 자체가 별의 백성한테는 결사적인 대모험이었을 거야.』

천제가 문득 희미한 쓴웃음을 지었다.

그 의미심장한 시선이 이쪽을 향하더니——.

『이처럼 겁이 많고 작은 종족이지만, 성령에 관해서는 누구보다도 잘 알고 있어. 아, 이렇게 바꿔 말할까? **성검을 만든 종족**이라고.』

"……이 소인이?!"

어느새 이스카는 반사적으로 소리를 내면서 발 너머를 바라보고 있었다.

천제의 등 뒤——.

얼굴만 살짝 내밀고 있는 소인을.

『맞아, 흑(黑)의 후계자. 네 목숨을 몇 번이나 구해준 성검을 만든 도공이야. 그런데 비단 성검만의 이야기가 아니야. 이것은 모든 인간과 성령에 관한 이야기야.』

울려 퍼지는 목소리.

사도성 리샤, 메이.

네뷸리스 황청의 앨리스, 시스벨, 린, 키싱.

제907부대의 미스미스, 진, 네네.

그 모두를 향해 천제는 질문을 던졌다.

『별의 재액이 눈을 뜨면 어떻게 되는지. 그 답은 카탈리스크 오염 지역에 있어. 혹시 모르니까 일단 물어볼까. **누가 가볼래**? 손을 들어봐.』

그 순간.

천제의 한마디가 긴장된 침묵을 불러일으켰다. 손을 들어라. 그 무엇보다도 명확한 의사 표시를 요구당한 것에 대한 긴장감이 가득 차올랐는데.

"———."

『오? 빠르네. 달의 왕녀.』

맨 처음 손을 든 소녀를 내려다보면서 천제가 기분 좋게 웃었다.

『아, 맞다. 너의 그 눈. 성령 에너지가 보이는 거야? 그럼 적역이구나.』

"저의 복수와 관련된 장소인 거죠?"

『맞아. 별의 재액 때문에 파괴된 대지야. 일단 봐두면 손해 보진 않을 거야.』

은색 수인이 유쾌하다는 듯이 입꼬리를 끌어올렸다.

『다른 사람들은? 어때, 앨리스 왕녀?』

"……손을 들 필요도 없다고 생각했어."

앨리스가 대놓고 한숨을 쉬었다.

그리고 손을 드는 대신에 당당하게 팔짱을 꼈다.

"린은 말할 것도 없고. 시스벨, 너는 여기 남을래?"

"나, 나도 갈 거예요!"

그런 언니와는 대조적으로 시스벨은 힘차게 손을 치켜들었다.

"호위를 부탁합니다, 여러분!"

"……또 애를 봐야 하는 건가."

"저기요, 진! 누가 애라는 거예요?!"

"애는 애잖아. 아— 그나저나 천제 폐하. 하나 물어볼 것이 있는데."

자기한테 대드는 시스벨의 이마를 손으로 누르면서.

진은 그답지 않게 존댓말을 써서 물어봤다.

"우리 대장이 아직 불안정하거든요. 어쩌면 좋을까요?"

『불안정? 아, 그렇구나.』

천제는 눈을 약간 크게 떴다.

미스미스 대장이 지금도 왼쪽 어깨를 누르고 있다는 사실을 눈치챘나 보다.

『볼텍스에 빠진 대장이 너였지? 성령이 적응할 때까지 시간이 엄청 오래 걸리는 것 같네. 저기, 좀 보여줘 봐.』

"네? ……아, 네!"

미스미스가 겉옷을 벗고 얇은 옷차림이 되었다.

그리고 왼쪽 소매를 어깨까지 걷은 뒤, 거기 붙어 있는 성문을 감추는 밴드를 떼어냈다.

선명하게 빛나는 벽색(碧色)——.

마치 기류가 뒤틀려 하트 형태로 변한 것 같은 둥그스름한 모양의 얼룩이었다.

『으응?』

천제가 느리게 몸을 움직였다.

팔걸이에서 손을 뗄 정도로 몸을 앞으로 기울이더니 머리를 쑥 내밀었다.

『으음…… 응—? 어라. 이건…….』

"왜, 왜 그러세요?! 제 얼룩이 무슨 문제라도 있나요……?!"

『————.』

천제는 대답하지 않았다.

미스미스의 목소리조차 들리지 않는 것처럼, 그저 날카로운 안광으로 미스미스의 왼쪽 어깨에 생긴 성문을 말없이 계속 바라보고 있었다.

"저…… 저기요, 폐하……?"

『에브가 여기 있었으면 깜짝 놀랐을 텐데.』

"네?"

시조 에브——.

천제의 혼잣말 같은 말을 용케 알아들은 미스미스 대장은 놀라서 눈을 휘둥그렇게 떴다.

"저, 그게, 무슨 말씀——."

『색깔도 형태도 부위도 정확히 일치하는걸…… 성령, 아니, 너인가? 앨리스로즈. 자손보다도, 같은 처지인 제국 사람을 선택한 건가.』

수인이 그리워하는 것처럼 눈을 가늘게 떴다.

『제907부대, 미스미스 클라스 대장.』

"네, 네엣?!"

『그 성문은 나쁜 것이 아니야. 안정을 취할 필요도 없으니까 그냥 다녀와.』

"…………아. 저, 알겠습니다."

미스미스 대장은 꾸벅 인사했다. 그러나 여전히 의아해하는 표정이었다.

저 천제가 이토록 의미심장하게 중얼거렸으니까. 그렇게 위험한 성문인가? 하고 놀랐는데, 오히려 김샐 정도로 아무 문제가 없는 것 같았다.

"저…… 천제 폐하는, 제 성문이 뭔지 아시나요?"

『**본 적이 있지.** 먼 옛날에.』

"네?!"

『응, 좋아. 그럼 이 자리에 있는 사람들은 전원 참가한다고 보면 되겠네.』

도대체 어떤 성령인지——.

모두가 가장 알고 싶어 하는 정보는 언급하지도 않고, 천제 융메룽겐은 그저 홀로 만족한 것처럼 고개를 끄덕거리고 있었다.

『보고 와. 별의 종말이 찾아온 금단의 땅을.』

Chapter.3

『오염 영역』

the War ends the world /
raises the world

1

제도 융메룽겐——.

제3지구 중앙 기지에서 두 대의 수송 군용기가 출발했다.

평소 같으면 많은 공군이 경례하면서 전송했을 것이다. 그러나 이번에 이륙을 지켜보는 사람은 열 명의 간부와 정비사밖에 없었다.

특무.

천제의 칙명에 의한 극비 파견 임무가 시작된 것이다.

제도에서 이륙해 순식간에 상공 1만 미터까지 올라왔다.

해가 길게 남아 있는 하늘의 수평선을 내려다보면서——.

『메이 군, 알겠나?! 자네는 지금 세계의 진리에 접근하려고 하는 거야!』

"……."

『카탈리스크 오염 지역은 말이지! 인류가 오랫동안 발을 들여놓을 수 없었던 금단의 땅이야. 그런 곳을 개척할 수 있다니, 참으로 부럽구나!』

"아니, 전혀 그렇진 않은데."

『환자를 치료하는 일만 없었어도 나도 무조건 동행했을 텐데. 자, 마음껏 조사하고 오도록 해!』

"……저기, 뉴턴아. 나는 하나도 즐겁지 않거든?"

『아니, 당연히 즐거워해야지!』

"나는 마녀를 감시하는 것에만 관심 있어. 카탈리스크인지 카탈리스트인지 뭔지는 몰라도, 그런 것은 내 관심 밖이야. 자, 이제 끊는다."

메이는 뚱한 표정으로 통신기를 뒤로 확 던졌다.

좌석이 아니라 바닥에 책상다리하고 앉아서.

아니, 그런가 싶더니 이 사도성은 그대로 바닥에 벌렁 드러누워 버렸다.

"아아, 짜증 나! 홧김에 잠이나 자고 싶은데, 머리에 피가 몰려서 잠도 안 와!"

"메이 씨, 비행기 안에서 누우면 어지럽지 않아요?"

"응? 전혀 아닌데."

누워 있는 메이의 옆에는 독서 중인 리샤가 있었다.

리샤는 좌석에 앉아서 안전벨트까지 잘 착용하고 있었다.

"메이 씨, 내내 기분이 안 좋아 보이네요."

"기분이 안 좋다? 글쎄, 그보다는 내가 속으로 납득하는 데 시간이 걸리는 것뿐이야…… 아아―……."

기내 천장을 쳐다보는 메이.

"마녀 아가씨가 완전히 항복하다니…… 진짜냐……? 나랑 다시 싸울 기회는…….."

"없습니다. 그리고 이렇게 된 이상, 이쪽에서도 공격적인 태도는 버리고 앞으로는『키싱 왕녀님』이라고 정중하게 부르는 것이 국제법의 권장 사항입니다."

"농담이지?!"

어휴—…… 하고.

숨과 동시에 영혼까지 뱉어내는 듯한 한숨이었다.

"이렇게 좁은 수송기에 순혈종 마녀가 있는데 건드리면 안 된다니, 이게 뭐야. 호랑이를 우리에 가둬놓고 말려 죽이는 꼴이잖아. 안 그래? 리샤야."

"시국이 달라져서 그래요."

책의 페이지를 넘기면서 리샤가 말했다.

"지금 가장 우선시해야 할 것은, 제국과 황청의 사소한 분쟁이 아니란 겁니다. 그보다 더 우선도가 높은 적이 나타났으니까요."

"……그건 그렇지."

"마녀 일리티아는 위험도가 극히 높습니다. 우리 군대의 중앙기지도 심각한 영향을 받았어요. 사령부도, 또 메이 씨의 부하도."

"……응."

"그 마녀를 토벌하는 것이 최우선. 그리고 안쪽에 앉아 있는 아름다운 마녀들은 바로 그 일리티아의 혈연자들이니까요."

"고독(蠱毒)이구나."

메이가 기막혀하는 것처럼 냉소했다.

"마녀와 마녀를 싸우게 한다. 그것도 골육상쟁하게 만든다는 거지?"

"네. 본인들이 그럴 마음을 먹고 있으니, 제국군은 단지 그것을 방관하면 됩니다."

그런 제국군의 대화를——.

세 명의 성령술사들은 뒷좌석에서 묵묵히 듣고 있었다.

"……말이 참 심하군."

린이 투덜거렸다.

강화 유리로 된 창문을 통해 바깥을 내다보고 있는데도, 제국군의 대화는 똑똑히 들렸다.

"굳이 다 들리도록 큰 소리로 말하다니. 제국군다운 비열한 짓이야."

"그래도 그게 현실이잖아."

"!"

앨리스가 대꾸하자, 린이 화들짝 놀란 것처럼 돌아봤다.

"앨리스 님, 아무리 그래도 너무……."

"설령 가족이어도 일리티아 언니를 그냥 내버려 둘 수는 없어. 이것은 그런 싸움이야. 현실을 외면할 마음은 없어."

무릎 위에 오른손과 왼손을 포개어 올렸다.

앨리스는 이륙한 다음부터 계속 감고 있던 눈을 오랜만에 떴다.

……고독이라니, 그렇게 작은 규모가 아니다.

……이미 루뿐만 아니라 조아까지 끌어들인 대항쟁이 되었다.

전부 다 각오했다.

하지만 그런 앨리스도, 달의 왕녀 키싱의 변모에는 놀라움을 금치 못했다.

"저와 함께 마녀 일리티아를 쓰러뜨려주세요."

"내가 이 남자에게 항복한다고 해서, 황청의 누가 슬퍼한다는 거야?"

어쩜 그렇게 결백하고 당당할까.

제국에 항복하고, 제국 병사에게 애원한다.

왕녀라는 입장에 대한 미련 따윈 전혀 느껴지지 않았다. 키싱 조아 네뷸리스 9세는 아마도 긍지에 대한 집착이라고는 조금도 없을 것이다.

그 모습을 보고――.

자신은 소름 끼칠 정도의 충격을 느꼈다.

단 하나의 삶을 위해 모든 것을 버릴 수 있다니. 그 마음이 너무나 강해서 소름 끼쳤던 것이다.

……일리티아 언니가 인간으로서의 삶을 버린 것처럼.

……키싱이 왕녀라는 입장을 버린 것처럼.

나 자신은 어떨까? 앨리스.

두 사람의 「각오」와도 견줄 만한 각오를, 지금까지 한 적이 있었나?

아니다. 자신은 아직 그러지 못했다. 어떤 각오에 대한 희생은, 하나도 치러본 적이 없었다.

거꾸로 생각해보면——.

자신이 일리티아 언니에게 도전하기 위해 필요한 각오는 대체 뭘까?

"있잖아, 앨리스. 지금 너는 자기보다 훨씬 더 강한 존재와 맞닥뜨렸어."

"너를 지켜줄 기사가 있니?"

이 자리에 이스카의 모습은 없었다.

그는 다른 비행기를 타고 있었다. 그 비행기는 바로 뒤에서 날아오고 있을 것이다.

"……나의 각오는……."

이스카와의 거리감.

호적수가 아니라 기사의 관계로 나아간다. 그런 결단을 받아들일 각오인가?

"_____."

"저, 앨리스 님?"

"······좀 쉴게. 무슨 일이 있으면 알려줘."

얼굴을 들여다보는 시종에게 그렇게 말한 뒤 앨리스는 다시 눈을 감았다.

긴 원정이 될 것이다.

탑승 시간은 열세 시간. 하룻밤 내내 이 기내에서 지내다가 마침내 공항이 있는 중립도시에 도착하는 것은 내일 오후일 것이다.

······혹시나 외부에 알려진다면 큰 소동이 일어날 테지.

······제국의 수송기에 네뷸리스 황청의 왕녀가 세 명이나 타고 있다니.

이 사실이 알려지면 안 된다.

사정을 모르는 사람은 그 누구도 알아선 안 된다. 특히 네뷸리스 황청의 여왕인 어머니는, 절대로.

2

열다섯 시간 후.

제국의 군용기 세 대가 어느 중립도시의 공항에 조용히 착륙했다.

그리고 잠시 후——.

"······앨리스! 다행이다, 무사했군요!"

네뷸리스 황청, 여왕궁.

제국에서 멀리 떨어진 그 강대국에서는 여왕 밀라베어가 귀가
아플 정도로 세게 통신기를 귀에 대고 있었다.

며칠 만에 듣는 딸의 목소리.

그런데 그 딸의 「보고」를 듣고 여왕은 충격받지 않을 수 없었다.

『사건의 주모자는 일리티아 언니였습니다. 황청에 제국군을 불
러들인 것도, 히드라(태양)와 연대해서 시스벨을 끌고 간 것도.』

"……그게 사실입니까?"

『유감이지만, 그렇습니다. 언니가 스스로 모든 사실을 밝혔습
니다.』

"_____."

하마터면 통신기를 떨어뜨릴 뻔했다.

손바닥에 땀이 나서 축축해졌다. 미끄러질 것 같은 통신기를
왼손에서 오른손으로 옮긴 뒤 밀라베어는 통신 중인 딸에게 다시
물어봤다.

"앨리스, 일리티아가 당신에게 무슨 이야기를 했습니까?"

『언니의 야심을 이야기했습니다.』

"구체적으로는?"

『언니가 원하는 것은 성령 **이상**의 힘을 손에 넣는 것. 왕가의
그 누구보다도, 시조보다도 강한 힘을 원했습니다. 그리고 이미
그것을 거의 손에 넣었습니다.』

"……성령 이상?"

딸이 보고하는 내용은 밀라베어 여왕의 이해를 초월하는 것이었다.

그러나 「힘을 손에 넣는다」는 목적.

그것은 어머니인 밀라베어로서는 가슴 아플 정도로 잘 이해할 수 있었다.

──제1왕녀 일리티아는 완벽했다.

──강한 성령만 있었다면 틀림없이 차기 여왕이 되었을 것이다.

차녀 앨리스나 삼녀 시스벨과는 비교가 안 될 정도로 약한 성령.

이것만은 타고난 하늘의 은혜. 본인이 아무리 노력해도 바꿀 수 없다. 그 비탄이 이윽고 힘에 대한 갈망으로 변했을지도 모른다.

"신경 쓰이는군요. 성령 이상의 힘이라니, 그게 구체적으로는 어떤 겁니까?"

『──────.』

딸의 침묵.

『……어마마마, 별의 재액이라는 말을 혹시 아시나요?』

"네?"

『저도 아직은 남에게 설명할 정도로 잘 이해하진 못했습니다. 하지만 그 비밀이 카탈리스크 오염 지역에 숨겨져 있다는 것까지는 알아냈습니다.』

"네? 카탈리스크 오염 지역 말입니까?"

대륙의 북서부.

밀라베어가 아는 한, 그곳은 맹렬한 악취와 독가스로 가득 찬 위험 지대였다. 제국과 황청의 싸움에서도 그동안 단 한 번도 전장이 되어본 적이 없는 곳이었다.

"앨리스, 그곳은 단순히 오염된 땅이 아닌가요?"

『아뇨, 이건 확실한 정보입니다. 카탈리스크 오염 지역에는, 일리티아 언니가 원하는 힘의 단서가 있다고 합니다. 지금은 황청의 가장 큰 적은 언니입니다. 가면 경과 조아의 부대가 제국 국경에서 언니 한 사람에 의해 괴멸됐습니다.』

"——뭐라고요?!"

『언니는 황청과 제국을 둘 다 파괴하려고 합니다. 저와 시스벨은 그것을 막고 싶어요……. 그래서 카탈리스크 오염 지역으로 가고 있습니다.』

"…………."

말이 나오지 않았다.

황청에서 가장 노련한 강자인 가면 경이?

그 남자가 전장에서 얼마나 많은 사선을 넘어 살아남았는지, 밀라베어는 잘 알고 있었다.

그런 그와 정예부대가 일리티아 한 사람한테 괴멸당했다고?

"……쉽게 상상할 수 없는 이야기군요."

『히드라도 조심하시길 바랍니다. 어마마마.』

딸의 목소리에 힘이 실렸다.

『가면 경이 쓰러졌으니 조아는 당분간 움직이지 못합니다. 그러니까 히드라가 문제예요. 탈리스만 경이라면 이 혼란을 틈타 어마마마에게 자객을 보낼 수도…….』

"그 점은 명심하겠습니다."

창문으로 시선을 돌렸다.

환하게 비쳐 들어오는 햇빛을 한 번 흘깃 보더니, 밀라베어 여왕은 고개를 끄덕였다.

『앨리스. 당신도 조심해요. 시스벨과 린도 잘 부탁합니다.』

통신을 끝냈다.

여왕의 방이 고요함으로 뒤덮이는 가운데.

"달이 이지러졌다……. 한편 태양이 너무 얌전한 것이 불길하게 느껴지는군요. 탈리스만 경, 대체 무엇을 꾸미고 있는 겁니까."

여왕은 아직 몰랐다.

왕궁에 우뚝 서 있는 태양의 탑. 그것이 이미 텅 비어 있다는 사실을──.

════════════

뱉어낸 숨이 하얗게 흐려졌다.

얼어붙을 듯한 밤.

동트기 전의 가장 어두운 시각. 네뷸리스 황청의 국경을 빠져나가는 자들이 있었다.

"자, 서두르자. 일리티아 군에게 선수를 빼앗기지 않도록."

하얀 양복을 차려입은 위장부가 뒤를 돌아봤다.

——히드라의 당주 탈리스만.

영화배우같이 잘생긴 얼굴과 신사적인 온화한 미소. 방한용 머플러를 두르고 있는 평범한 모습조차도 마치 영화의 한 장면처럼 멋있어 보였다.

"자네들도 알다시피 조아의 주력 부대는 괴멸됐다."

늘어서 있는 부하들을 둘러보는 탈리스만.

"일리티아 군의 행선지는 별의 중추인데, 우리는 그보다 앞질러 가야 해. 그 여자의 힘이 더 이상 강해지면 심각하게 위험한 적이 되거든."

그들이 가는 곳은 국경 밖.

대륙 북쪽 끝에는 오래된 볼텍스가 있다. 제도에서 분출된「별의 배꼽」과 같은 시기에 탄생했다고 하는 세계 최고(最古) 수준의 큰 구멍이었다.

그레고리오(태양 항로).

이것이 별의 중추까지 이어져 있는 것으로 추측됐다.

"긴박한 사태……인가. 그 볼텍스는 5년 후에 조사하자는 식으로 팔대사도와 계획을 세워놨었는데. 모든 일이 틀어졌어."

별의 중추로 간다는 일대 계획.

그것은 히드라가 비밀리에 그레고리오 계획이라고 부르던 것이었다. 그리고 그 전모를 기록한 자료는『그레고리오 비문(秘文)』이란 비밀문서로 작성되어 왔다.

"무려 30년이 넘게 진행된 계획이 말이지……."

당주 탈리스만의 전대부터 진행된 것이었다. 별의 중추에 있는『재액』에서 이용 가치를 찾아냈다는 점에서는 히드라와 팔대사도는 똑같은 입장이었다.

——재액의 힘으로 성령술을 최고 수준으로 만들려는 히드라.

——재액의 힘으로 이상적인 육체를 손에 넣으려고 하는 팔대사도.

그래서 히드라는 종종 팔대사도를 위한「선물」을 준비했다.

팔대사도 밑에서 일하는 미친 과학자 켈비나에게 피험자로서 비소와즈를 제공한 적도 있었다.

다만——.

그 마지막「선물」이었던 일리티아가 미친 과학자의 실험에 의해 제어 불능의 힘을 손에 넣은 것은, 지금 생각하면 뼈아픈 실수였지만.

"그레고리오는 대륙의 북쪽 끝. 여기서부터는 공항에 가서 공로(空路)로 전환할 텐데, 아무리 빨리 가도 내일 한밤중에나 도착하게 될 거야."

국경을 빠져나와 간선도로로.

그 넓은 주차장을 가로질러 쭉 가면, 그곳에 대형차가 여러 대

준비되어 있다.

그곳을 향해 가면서——.

"그레고리오 말인데. 10년 전 켈비나가 내려갔던 곳이 깊이 5만 미터. 그런데 별의 재액이 살고 있는 곳의 깊이는 30만 미터로 추정된다. 가히 비경(秘境)이라고 할 만한, 이 별에서 가장 큰 수수께끼에 감싸여 있는 영역이야."

"흐—음? 그럼 돌아올 수 있으리란 보장도 없다는 뜻?"

그 목소리는 등 뒤에서 들려왔다.

화려한 귀걸이를 달고 있는 붉은 머리 소녀 비소와즈. 공기조차 얼어붙을 것 같은 극한의 새벽에 이 소녀는 놀랍게도 얇은 셔츠 한 장만 입고 있었다.

"그렇죠? 당주님."

"맞아. 비소와즈."

"…………."

유쾌하게 끄덕거리는 탈리스만을 쳐다보면서 비소와즈는 고개를 갸우뚱했다.

"괜찮아요? 당주님은 대장이니까 그냥 태양의 탑에서 대기하고, 지하에 내려가는 일은 우리한테 맡겨도 되는데. 거기는 위험하잖아요?"

"대장이니까 가는 거야."

그렇게 대꾸한 당주는 목에 두른 머플러를 벗었다.

그리고 자신의 머플러를 비소와즈의 목에 다정하게 둘러줬다.

"?"

"그렇게 얇게 입고 있으면 걱정되잖아."

"네? 아니, 당주님. 이 육체는 이미 추위나 더위는 느끼지 않는데요."

"몸가짐에 관한 이야기다. 비소와즈, 너도 그 나이면 이제 슬슬 옷 입는 법을 배워두는 게 좋을 거야."

"……허―. 아. 네. 그런가요."

"암, 그렇고말고."

머플러를 둘러준 붉은 머리 소녀를 내려다보면서 만족스럽게 고개를 끄덕이는 탈리스만.

"자, 하던 이야기를 계속할까. ――그래, 우리가 들어가려고 하는 그레고리오는 미지의 지하 공간이다. 그런데 대장인 내가 안 가면, 부하에게 모범이 될 수 없지 않으냐."

"무사히 돌아올 수 있다는 보장도 없잖아요?"

"하하. 큰 것을 얻으려면 위험도 감수해야 해. 그런 각오를 못할 정도로 내가 보잘것없는 인간은 아니라고 생각한다."

탈리스만은 우습다는 듯이 어깨를 으쓱했다.

그 태도를 보더니――.

"응. 네, 훌륭한 기개입니다. 당주님."

비소와즈는 살짝 미소를 지었다. 언제나 남을 쏘아보는 것처럼 눈빛이 험악한 소녀가 딱 한순간 보여준 미소였다.

바로 그때.

"늦어서 죄송합니다, 숙부님."

탈리스만이 서 있는 광장으로 누군가가 다가왔다. 순백의 코트를 입은 왕녀였다.

──미젤히비 히드라 네뷸리스 9세.

뚜렷한 이목구비. 그리고 눈에 띄게 파란 감청색 머리카락을 지닌 소녀였다.

본디 탈리스만과 같은 금발이었지만, 그 몸에 깃든 강력한 성령이 발현됨과 동시에 머리색이 푸르게 변했다.

"벌써 출발하는 거네요."

"그래. 막상 볼텍스에 도착하더라도 일리티아 군과 딱 마주치는 것만은 피하고 싶어. 대책은 준비했지만, 그래도 우리가 일방적으로 앞질러 가는 것이 이상적이다."

가볍게 대형차에 올라타는 당주.

그 뒷모습을 지켜보면서.

"……춥구나. 해가 뜨려면 아직 멀었어."

태양의 왕녀 미젤히비는 하얀 숨을 뱉어냈다.

3

대륙 북서부──.

군용 수송기를 타고, 카탈리스크 오염 지역과 가장 가까운 공항으로 이동.

거기서부터는 간선도로를 타고 장거리 이동을 하게 된다. 지평선까지 이어져 있는 회색 황야를 똑바로 끊임없이 달려가는 것이다.

"……저기요…….”

조수석에 앉아 있는 시스벨이 쉰 목소리로 말했다.

그 안색은 몇 시간 전부터 계속 창백했고, 입술도 점점 보라색으로 변해가고 있었다.

"……운전석에 계신 네네 씨…….”

"응, 왜? 시스벨 씨. 아직도 차멀미가 안 나았어?”

"네, 네…… 낫기는커녕 악화하고 있습니다. 장시간 차를 타고 다니는 것은 체질에 안 맞아서…… 이대로 가다간 점심때 먹은 샌드위치가 배 속에서 역류할 것 같아요…….”

"걱정 마.”

뒷좌석에 있는 진이 힘주어 딱 잘라 말했다.

"역류해도 다시 삼키게 해줄게.”

"싫은데요?!”

"차 안에서 토하면 대참사가 발생하잖아?”

"대참사가 발생하기 전에 어떻게 좀 해 달라고 말씀드리고 있는 겁니다!”

시스벨이 창백한 얼굴로 뒤를 돌아봤다.

"윽?! 소리를 질렀더니 현기증이 더 심해져서…….”

"쳇. 이봐, 보스."

진이 혀를 차더니 차 안의 백미러를 턱으로 가리켰다.

그들이 탄 차는 선두 차량.

그 뒤에 비치는 두 번째, 세 번째 대형차를 보면서 말을 이었다.

"사도성 씨에게 연락을 해줘. 몸이 안 좋은 사람이 한 명 있다고. 벌써 몇 시간째 계속 달리고 있으니, 잠깐 휴식하자고 해도 불만은 없을 거야."

"으, 응!"

"──앗, 보인다! 다 왔어!"

거의 동시에 일어난 일이었다.

미스미스 대장이 고개를 끄덕이고 있는데, 운전석에 있는 네네가 앞 유리창 너머를 손가락으로 가리킨 것이다.

지평선 끝에서──.

철조망으로 둘러싸인 땅이 보이기 시작했다.

"도착했나."

진이 휴 하고 한숨을 쉬었다.

"그러면 이대로 직진해야겠네. 휴게는 취소다."

"아니, 납득할 수 없는데요?!"

그렇게 반항하는 시스벨도 '드디어 도착하는구나!' 하고 안도하는 표정이었다.

장시간에 걸친 공로와 육로의 여행이 끝나는 것이다.

——「카탈리스크 오염 지역」 : 출입 금지.

낡고 거대한 간판이 달린 철조망을 자동차가 지나쳐 간다.

그 순간.

차 안의 「공기」가 달라진 것을 모든 사람이 순식간에 느꼈다.

"어, 어라?"

운전석에 있는 네네가 얼굴을 찡그렸다.

"……뭔가 냄새가 나지 않아?"

"보스, 차 안에서 방귀 뀌지 마."

"여자애는 방귀는 안 뀌거든?! 내가 아니라, 혹시 시스벨 씨의 입에서 음식물이 역류한 게……!"

"아니거든요?! 이건 바깥 공기입니다!"

차의 공조 설비를 통해 바깥의 공기가 들어온 것이다.

카탈리스크 오염 지역의 공기——.

마치 대량의 음식물 쓰레기가 방치된 듯한 썩은 내. 게다가 색깔도 약간 누르스름하게 흐려진 것처럼 보였다.

『오, 슬슬 보이네?』

리샤의 통신이었다.

이 차체뿐만 아니라 세 대의 차량 전체에 그 목소리가 울려 퍼지고 있을 것이다.

『다들 앞을 잘 봐.』

굳이 말할 필요도 없었다.

이미 모든 사람이 지평선 끝에 있는「그 광경」을 뚫어져라 보고 있었으므로.

부글부글 거품이 나고 있는 새빨간 늪.

카탈리스크 오염 지역.

차를 세우고 한 걸음 밖으로 나간 순간, 이스카의 온몸에서 땀이 났다.

……이상하다. 마치 사막처럼 더웠다.

……그것만 해도 괴로운데, 숨이 막힐 정도로 습도도 높았다!

이곳은 대륙의 북서부.

상식적으로는 제국보다 훨씬 더 추운 기후여야 할 것이다. 그런데 이 영역에 한 걸음 들어가자마자 공기가 달라졌다.

이 살인적인 기온——.

장시간 이곳에 있기만 해도 목숨이 위험해질 것이다. 그 정도로 비정상적인 온도였다.

"콜록…… 콜록! 아까부터 자극적인 냄새가 나더니, 그 원흉이 이 거품이었어요!"

심하게 기침하는 시스벨.

손수건으로 코와 입을 막았지만, 이런 강렬한 자극취 앞에서는 의미 없는 몸짓에 불과해 보였다. 방독면이 있으면 좋겠다는 생각이 들 정도였다.

"시스벨 씨, 괜찮아?"

"……괘, 괜찮아요, 미스미스 대장. 그런데 내가 제안을 하나 하고 싶은데요."

손수건을 손에 든 왕녀가 방금 주차한 자동차를 가리키면서 말했다.

"이만 돌아가죠."

"아직 탐색은 한 발짝도 안 했는데?!"

"아니, 아무리 봐도 위험해 보이잖아요! 좀 보세요!"

시스벨이 양팔을 확 벌렸다.

구체적으로 "어디를 보라"고 한 것은 아니었다. 카탈리스크 오염 지역이라고 불리는 새빨간 늪지대에서는, 풀 한 포기 찾아볼 수 없었다.

마른 나뭇가지 하나, 마른 풀 한 포기도 눈에 띄지 않았다.

벌레도.

새도.

모든 것이 죽어 버린 사후의 세계 같은 광경이었다.

"이 늪은…… 거품도 있어서 그런지 엄청나게 뜨거운 마그마처럼 보이는데."

메이는 그렇게 말하더니 늪 가장자리 바로 앞까지 다가가 수면을 관찰했다.

"거머리나 악어가 득시글거리는 늪은 경험한 적이 있지만, 반대로 생물이 한 마리도 없는 늪은 처음 본다. 리샤야, 넌 어때?"

"나도 마찬가지예요. 뭐, 아무튼. 폐하의 명령으로 이렇게 먼 곳까지 와봤더니……."

리샤가 안경을 벗고 이마의 땀을 닦았다.

"이것이 재액이 『변형시켜 놓은』 대지라면, 역시 그냥 내버려 둘 수는 없겠네요. 이 오염 지역이 언젠가 대륙 전체로 퍼지게 된다고 생각하면."

"……실망이에요. 언니."

고요한 분노의 발로.

그것은 앨리스가 입술을 깨물면서 중얼거린 한마디였다.

"언니는 이렇게 끔찍한 것의 힘을 원했던 거군요……. 이토록 처참한 지상의 광경이, 언니가 바라던 미래인가요……."

"응, 그래서? 리샤야."

메이가 새빨간 늪을 가리키며 말했다.

수백 개나 되는 노란 거품들이 생겨났다가 탁 터지면서 기묘한 냄새를 퍼뜨리고 있었다.

"별의 백성이라고 했나? 그놈들의 성역이 이 안쪽에 있다고…… 아니, 그런데 이 정도면 방독면이 필요한 거 아냐? 늪을 건너는 도중에 저 거품의 가스 때문에 전멸하겠는데?"

"네, 그게 문제란 말이죠."

리샤가 그녀답지 않게 고개를 갸웃거렸다.

"이상하네요. 이렇게 독가스가 분출되는 장소라면, 폐하도 당연히 방독면에 관해 이야기하셨을 텐데요. 그런 말씀을 안 하셨다는 것은."

"——의미가 없는 겁니다."

참방 하는 물소리.

달의 왕녀가 선혈을 연상시키는 새빨간 늪을 손끝으로 건드리고 있었다.

"이것은 독가스가 아닙니다. 심하게 일그러진 에너지의 기류입니다."

키싱의 두 눈.

보랏빛을 띤 그 눈동자의 빛이 서서히 강해졌다.

"이 대지는 『재액』이 변모시킨 것. 그렇다면 이 거품은, 재액의 힘이 지저에서 분출된 것입니다. 성령 에너지보다 불안정하고 일그러진 것처럼 보이네요."

"흐음? 마녀 아가씨한테는 이게 그렇게 보여?"

메이가 재미있어하는 것처럼 입꼬리를 끌어올렸다.

"이 거품은 독가스가 아니라 오염 에너지란 건가. 요컨대 그런 거지? 방독면으로 입만 막아봤자, 온몸의 피부로 접촉한다면 어차피 중독되는 건 마찬가지라고?"

"————."

"야, 무시하지 마."

"이스카."

키싱은 메이의 투덜거림을 가볍게 흘려들으면서 이쪽을 돌아봤다.

그리고 맹독 에너지로 가득 찬 늪을 가리켰다.

"제가 여기서 **은혜**를 하나 베풀겠습니다. 언젠가 일리티아와 싸울 때 그 은혜를 갚아주세요."

"뭐?"

"따라오시죠."

첨벙…… 하고.

달의 왕녀가 망설임 없이 새빨간 수면 속으로 한 발을 집어넣었다. 아름다운 드레스가 젖어도 신경 쓰지 않고 계속해서 나머지 한 발도 앞으로 내디뎠다.

"키싱?!"

저도 모르게 그 이름을 불렀다.

"……괜찮아?"

"온도는 목욕물과 비슷합니다. 늪의 깊이는 제 무릎까지 올 정도이고요."

"아니, 그게 아니라. 이 거품은 맹독이잖아?"

키싱을 믿는다면 이 거품이야말로 지저에서 튀어나온 재액의 힘 그 자체일 것이다.

그것의 영향을 받은 것이 이 오염 지역이다.

……벌레 한 마리, 식물 하나 눈에 띄지 않았다.

……이 오염 에너지가 모든 생물에게 유해하기 때문이다.

절대로 무사할 리가 없다.

이 거품이 발생하는 늪지를 건너려고 한다면.

"그래서 은혜를 베풀겠다고 한 겁니다."

키싱이 늪지 안쪽을 가리켰다.

"저쪽에서 큰 거품이 나왔잖아요? 거기서 왼쪽, 폭이 약 15cm에서 40cm쯤 되는 좁은 공간이 오염 에너지가 가장 엷은 경로입니다."

"그게 보여?!"

비로소 이해했다.

천제가 키싱의 눈을 보자마자 "적역이다"라고 단언했던 이유.

이 맹독의 습지대 속에서 오직 키싱만이 오염 에너지의 **농도를 볼 수 있는 것**이다.

"이쪽입니다."

첨벙…… 첨벙 하고.

작은 물방울을 튀기면서 키싱이 늪지를 헤치고 나아갔다.

"저, 정말로 이 독 늪을 건너가는 거예요?!"

"시스벨은 뒤에서 따라와. 미스미스 대장님과 네네가 동행할 거니까 괜찮아."

표정이 굳어진 왕녀에게 그렇게 대꾸한 뒤, 이스카도 늪지로 발을 내디뎠다.

……치이익.

새빨간 늪의 수면에 신발 끝이 닿자마자, 신발 표면에서 흰 연기가 피어올랐다.

"이스카 군?!"

"괜찮아요, 대장님. 신발만 이런 겁니다. 늪의 물에 닿아도 이상은 없습니다. 아프거나 얼얼하지도 않아요. 일단 지금은요."

키싱을 쫓아가기 시작했다.

단순히 쫓아가기만 하는 게 아니다. 늪의 수면에 생겨난 키싱의 발자취를 정확히 따라가야 한다. 이곳은 오염 에너지로 똘똘 뭉친 곳이니까.

……키싱을 믿는다면, 안전한 경로는 폭이 십수 센티미터 정도밖에 안 된다.

……한 발짝이라도 길에서 벗어난다면 오염 에너지에 노출될 것이다.

키싱의 발자취는 직선이 아니었다.

때로는 지그재그로 가고. 때로는 직각으로 꺾어서 오염 에너지가 쌓인 곳을 우회했다. 그 발자취를 따라가는 것은 이스카로서도 신경을 곤두세워야 하는 작업이었다.

그리고 더웠다.

사막처럼 살인적인 기온과 사우나처럼 무더운 습도 속에서 계속 걸어가는 것이다.

아니, 정확히 말하자면 멈출 수가 없었다. 늪 한가운데이다 보니, 한번 걷기 시작하면 중간에 쉬는 것은 불가능했다.

……제국 병사인 우리들은 그나마 낫다. 린도 그렇고.

……하지만 앨리스와 시스벨, 그리고 키싱은 괜찮은 걸까?

특히 키싱.

실은 이렇게 기분 나쁜 늪에서 앞장서서 걷는 것만 해도 불안해서 몸이 움츠러들 것 같은데. 더구나 오염 에너지가 모여 있는 장소를 알아낸다는 중대한 역할까지 맡게 되었고.

틀림없이 극도의 피로를 느끼고 있을 것이다.

──말을 걸어보는 게 좋을까?

──하지만 말을 걸면 집중력이 흐트러지지 않을까?

그렇게 이스카가 망설인 몇 초 사이에.

눈앞에서 걷고 있던 검은 머리 소녀가 갑자기 비틀거렸다.

"──."

실이 뚝 끊어진 꼭두각시인형처럼.

무릎이 확 꺾이더니, 새빨간 늪이 있는 옆쪽으로 넘어지기 시작했다. 그걸 본 순간 이스카는 저도 모르게 소리를 지르며 키싱의 손을 잡았다.

"키싱!"

"……윽……!"

손을 잡아당겨서 그 몸을 안아 일으켰다.

딱 1초만 늦었어도 소녀는 얼굴부터 거꾸로 새빨간 늪에 빠졌을 것이다.

"……괜찮아요."

갈라진 목소리.

"……조금 현기증이 났지만, 걸을 수 있어요……. 그렇게, 약속을…………."

아직도 자기 발로 걸으려고 하고 있었다.

이스카는 그런 소녀를 다짜고짜 안아서 자기 등에 업었다.

"……어? 아, 아니, 뭐 하는 거예요?!"

"내가 너를 업고 갈 거야. 넌 오염 에너지만 보고 지시해 줘."

"_____."

이스카의 등에 업힌 검은 머리 소녀는 이쪽으로 몸을 딱 붙였다.

"……제국 병사와 접촉하고 말았네요."

"그건 나중에 사과할게."

"……알겠습니다. 그러면 2m 직진하세요. 그 후 왼쪽으로 비스듬히 방향을 꺾어요."

"알았어."

진행 재개.

키싱을 업고 있는 자신이 키싱의 지시대로 전진한다. 그러려고 했는데,

"……아하, 그렇구나."

뒤에서 시스벨의 혼잣말이 들렸다.

"아앗! 나 너무 피곤해서 못 버티겠어요. 누가 나를 업어주지 않으면, 당장이라도 비틀거리다가 늪으로 쓰러질지도 몰라요! 저기요, 진——."

"넌 그렇게 큰 소리로 떠들 정도로 여유가 있어 보이는데."

"없거든요?!"

"자, 어서 걸어. 네가 멈추면 뒷사람도 못 움직이잖아."

"너무 무자비하지 않아요?!"

뒷사람들은 아직 건강한 것 같았다. 이스카가 그 대화에 잠깐 정신이 팔렸을 때——.

참방 하고.

앞쪽에서 물방울이 튀었다.

"……아."

등에 업힌 키싱이 고개를 들었다.

그리고 늪 건너편에서 이쪽으로 오는 조그만 사람 그림자를 가리키면서 말했다.

"별의 백성?"

『————.』

누더기 같은 외투를 걸친 소인 세 명이 이쪽을 쳐다보고 있었다.

별의 백성이라고 불리는 아인(亞人).

그들이 서 있는 곳은 늪 속에 있는 조그만 육지였다. 마치 해수면 위로 쑥 튀어나온 섬처럼, 별의 백성이 서 있는 곳만 육지로서 남아 있었다.

"……저게 별의 백성의 성역? 그런 것치고는 너무 좁은 것 같기도 한데."

『이쪽.』

별의 백성이 손짓했다.

그렇게 생각한 순간, 갑자기 그들이 늪에 뛰어들어 새빨간 수면 위로 통통 튀듯이 뛰어가기 시작했다.

더 멀리 떨어진 안쪽으로.

"아직도 더 걸어가야 해요?! 이 육지는 대체 뭔데요?!"

"아뇨, 시스벨 왕녀님. 이 육지가 오늘의 야영 예정지입니다."

육지에 올라온 리샤가 휴 하고 이마의 땀을 닦았다.

"천제 폐하의 말씀으로는 별의 백성은 겁이 많아서, 우리가 한
꺼번에 쳐들어가면 공포에 질릴 거래요. 그러니까 성역에 들어갈
사람은 기껏해야 몇 명. 나머지는 이 땅에서 대기하라는 겁니다."

"몇 명이라니, 누구?"

"마녀와 인연이 깊은 인물. 즉, 자매인 앨리스리제 왕녀님과 시
스벨 왕녀님. 그리고 복수를 원하는 키싱 왕녀님도 포함됩니다."

세 명의 왕녀를 보는 리샤.

시종인 린은 다소 불만스러운 표정이었지만, 체념했는지 한숨
을 쉬고 있었다.

"그리고 천제 폐하의 사자로서 내가 가고, 또 성검에 관한 이야
기도 있으니까 이스캇치도 가야 해."

"……알겠습니다."

리샤가 찡긋 윙크하자, 이스카도 살짝 고개를 끄덕였다.

──성검.

이것이 마녀 일리티아에게도 통한다는 것은 이미 실증이 끝났
다. 그러니까 알고 싶었다. 크로스웰 스승님은 대체 무슨 의도로
이 검을 자신에게 맡겼는가.

"잃어버리지 마라. 그 검이 세계를 **재성**(再星)할 유일한 희망이야."

황청과의 싸움을 위해 필요한 거라고 생각했었다.

두 나라의 평화 협상을 위해서라도, 성령술사에게 통하는 무기가 필요할 것이다. 그렇게 믿고 있었다.

하지만 그게 아니란 것을――.

언제부터 느끼고 있었을까. 성검이 단순히 성령술사와 싸우기 위한 무기라면, 「**재성**」이라는 스승님의 말이 설명이 안 되는 것이었다.

"메이 씨, 여기서 망을 봐주세요. 알겠죠?"

"아― 알았어. 우리는 여기서 대기. 야영 준비를 해놓고 기다릴게."

하품하면서 고개를 끄덕이는 메이.

"리샤야, 너도 무슨 일 있으면 연락해라."

"알았어요. 자, 그럼 갈까? 이스캇치."

리샤가 뒷머리를 하나로 묶었다.

그렇게 산뜻한 모습으로 변신하더니 새빨간 늪을 가리켰다.

"성령의 성역으로."

4

작열하는 사막에서도 오아시스만은 싱싱한 초록빛을 지니고 있듯이——.

카탈리스크 오염 지역에도 예외는 있었다.

생명이 다 죽어 버린 오염 지역의 깊숙한 안쪽. 그곳에는 사방의 길이가 겨우 수백 미터쯤 되는 「성역」이 있다고 한다.

별의 중추에서 여기까지 올라온 성령들이 사는 곳이.

"……꿈이라도 꾸고 있는 걸까요."

시스벨이 얼빠진 소리를 냈다.

"……이런 맹독의 늪지 속에 숲이 있다니."

그렇다.

별의 백성을 쫓아가 봤더니, 그곳에는 싱싱한 나무들과 식물들이 우거진 숲이 있었다.

알록달록한 꽃들.

나무들에는 잘 익은 과일이 주렁주렁 달려 있었고, 그곳에 작은 새들이 모여 있었다.

"이 세상의 종말 같은 오염 지역에, 이렇게 낙원 같은 오아시스가 존재한다고요……?"

"공기도 맑아."

앨리스가 나무들을 둘러보면서 심호흡을 했다.

"……그래서 더더욱 실감 나는 것 같아. 좀 전의 그 맹독 같은 공기가 얼마나 이상한 것인지. 실은 또다시 그곳으로 돌아가야 한다는 게 내키지 않을 정도야."

"이곳에 모여 있는 오염 에너지 수치는 거의 0입니다."

이스카의 등 뒤에서.

키싱이 숲의 상부를 가리키며 말했다.

"저기를 보세요. 성령 에너지가 매우 강하게 소용돌이치고 있습니다. 빛을 차단하는 커튼처럼 재액의 힘을 차단하고 있는 모양이에요."

"……나한테는 안 보이지만, 감각적으로는 알 것 같아."

이곳은 공기가 달랐다.

모든 것을 부패시키는 재액의 힘이 여기서는 성령 에너지에 의해 정화되고 있다. 그 사실을 피부로 느낄 수 있었다.

"그런데 키싱."

앨리스가 약간 짜증이 묻어나는 목소리로 말했다.

"언제까지 **그러고 있을** 거야?"

"그러고 있다니요? 무슨 뜻이죠."

"언제까지 이스카의 등에 업혀 있을 거냐고. 이제는 안전하니까 내려오지 그래?"

"싫어요."

울컥.

달의 왕녀가 즉답하자, 앨리스의 표정이 험악해졌다.

"……어, 어머나, 그래? 굳이 싫다고 하는 이유가 뭔지 궁금한데."

"저는 이 위험 지대를 개척할 능력이 있으니까요. 이스카한테도 존중받아 마땅하다고 생각합니다. 당신처럼 그저 따라오기만 하는 짐 덩어리와는 다릅니다."

"짐 덩어리————?!"

"앨리스리제 왕녀님."

리샤가 이름을 부르자, 소리를 지르기 직전이었던 앨리스는 간신히 꾹 참았다.

"……으, 으음. 그래, 실례했어."

"조용히 해주세요. 우리는 이미 별의 백성이 사는 곳에 와 있는 것 같으니까요."

수풀이 흔들렸다.

리샤가 눈짓으로 가리킨 수풀 속에서 별의 백성이 슬그머니 나타났다.

흥미진진해하는 모습.

그런데도 아직 두려움은 남아 있는지, 눈이 마주치자 잽싸게 도망쳐 버렸다.

"와, 너무 귀여워…… 도망치는 모습까지 사랑스러워……!"

그 뒷모습을 황홀하게 바라보는 시스벨.

"이토록 아름다운 초록빛 동산에 저렇게 귀여운 주민들이 살다니! 저, 그런데 리샤 씨, 우리는 어디까지 걸어가야 하나요?"

"글쎄요? 천제 폐하는 『가보면 알 거야』라고 말씀하셨는데요."

숲의 오솔길을 따라 걸었다.

수풀 속에서 얼굴을 쏙 내미는 소인들이 지켜보는 가운데, 우리가 도착한 곳은 새하얀 벽돌을 쌓아 만든 듯한 돔이었다.

커다란 창고와 비슷한 크기였다.

그때 우리의 방문을 환영하는 것처럼 돔의 문이 열렸다.

『……융메룽겐?』

돔 내부──.

그곳에는 별의 백성들 세 명이 있었다.

두 사람은 좌우의 벽 쪽에 붙어 있었고, 한가운데에는 큼직한 낙엽을 쌓아 올린 쿠션 같은 것을 깔고 앉은 별의 백성이 있었다.

셋 다 외모도 외투도 거의 비슷했는데, 가운데에 있는 소인만 예외적으로 간소한 목걸이를 착용하고 있었다.

"처음 뵙겠습니다. 실례지만 인간의 언어로 이야기하겠습니다."

돔에 들어가자마자 리샤가 그 자리에 무릎을 꿇었다. 바르게 앉아서 '적의는 없다'고 주장하는 것처럼 고개를 깊이 숙였다.

"저는 융메룽겐 폐하의 사자인 리샤라고 합니다. 장로님이 맞으십니까?"

『……장로?』

한동안 허공을 쳐다보는 소인.

그렇게 1분은 족히 기다렸을까.

『장로. 아, 그래. 장로. 인간의 언어…… 사용하는 것은 오랜만이라⋯⋯.』

"아마도 70년 만이실 테죠. 융메룽겐 폐하가 여기 오신 것이 그 때였다고 들었습니다."

자, 다들 어서 앉아──.

리샤의 재촉을 받은 이스카, 앨리스, 시스벨, 키싱도 그대로 바닥에 앉았다.

『융메룽겐은?』

"제국에서 건강하게 잘 지내고 계십니다. 다만 예의 약이 거의 다 떨어져서, 받을 수 있으면 받아 달라고 말씀하셨습니다."

『응⋯⋯ 알았어.』

장로가 일어났다.

방 안쪽에 드리워져 있는 커튼 같은 천을 당기자, 그 너머에는 검은색 돌이 떡하니 자리 잡고 있었다.

흑요석처럼 검은 돌. 마치──.

"그것은?!"

이스카는 저도 모르게 한쪽 무릎이 바닥에서 살짝 뜰 정도로 벌떡 일어날 뻔했다.

본 적이 있다? 그 정도가 아니었다.

흑의 성검과 같은 색깔의 돌이었다.

『음⋯⋯.』

장로가 이쪽을 돌아봤다.

반쯤 일어나 있는 이스카를, 머리부터 발끝까지 구멍 날 정도로 뚫어져라 응시하더니.

『크로, 좀 작아졌나?』

"제가 아닌데요?!"

설마 사람을 착각할 줄은 몰랐다.

아무래도 별의 백성은 인간의 개체 차이를 거의 판별하지 못하는 것 같았다.

『하지만 성검을 가지고 있으니까. 크로⋯⋯?』

"제가 받았습니다. 크로스웰 스승님한테서."

흑의 성검과 백의 성검.

한 쌍인 두 개의 검을 별의 백성들에게도 잘 보이도록 바닥에 놓았다.

"천제 폐하께 이야기는 들었습니다. 이 검은 당신들이 만드셨다고요. 저는 그 이야기를 듣고 싶어서 여기 왔습니다."

『그래.』

별의 백성의 장로가 검은색 결정을 이쪽으로 가져왔다.

성검과 같은 색깔을 지닌 결정이었다.

『융메룽겐이 재액을 해치울 거라고 해서 만들어줬어. **이것을** 사용해서.』

툭⋯⋯ 하고.

장로가 바닥에 놔둔 검은색 결정을 두드렸다.

——*So Sez xeph.* (눈을 떠라.)

검은색 결정이 폭발했다.

그런 착각을 일으킬 정도로 강한 빛이 검은색 결정에서 섬광처럼 뿜어져 나왔다.

"성령의 빛?!"

"아니…… 이럴 수가!"

앨리스에 이어 시스벨이 벌떡 일어났다.

자신의 가슴팍을 누르면서.

"내『등불』과 같은 빛이……?!"

『이것은 돌이 아니야. 수많은 성령이 수백 년에 걸쳐서 모인 결정.』

검은색 결정을 쓰다듬는 장로.

『인간의 언어로 이야기하니까 피곤해. 성령이 이야기하는 게 낫겠어.』

70년 전의 과거가 이스카 일행의 눈앞에 되살아났다.

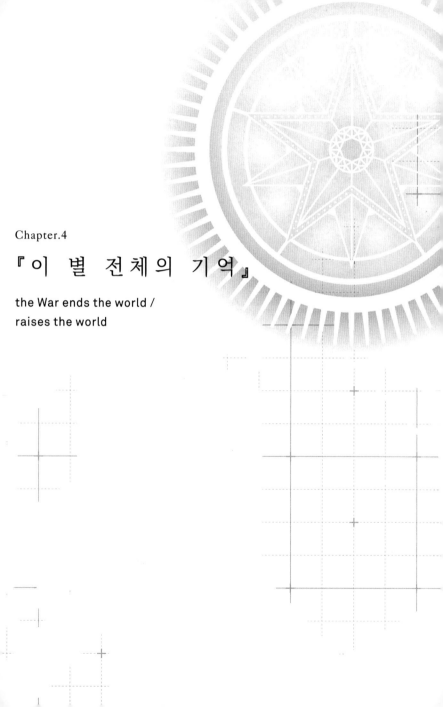

Chapter.4

『이 별 전 체 의 기 억』

the War ends the world /
raises the world

제도의 볼텍스 「별의 배꼽」에서 대량의 성령이 튀어나와——.

세계 최초의 마녀와 마인이 탄생했다.

그로부터 30년 후.

제국에서는 황태자였던 융메룽겐이 천제로 즉위.

한편 제국의 머나먼 북쪽 땅에서는, 제국에서 도망쳐 나온 사람들이 만든 네뷸리스 황청이란 이름의 신흥 국가가 생겨나 있었다.

그런 역사의 흐름 속에서——.

『긴 여행이었어. 여기가 별의 백성의 마을인가?』

소년인지 소녀인지 모를 중성적인 목소리가 숲에 울려 퍼졌다.

은색 수인이 초록색 들판을 둘러보더니 말을 이었다.

『있잖아, 크로. 넌 멜른을 소중히 여기겠다고 말했잖아. 아까 그 기분 나쁜 늪에서는, 네가 멜른을 등에 업고 건널 수도 있는 거 아니었어?』

"아니, 네가 네 마음대로 쫓아온 거잖아."

검은 머리 청년이 그런 말을 툭 뱉었다. 등에는 커다란 배낭을 지고 있었다.

지나치게 길어진 검은 머리카락과 여윈 뺨.

허리에 찬 홀더에는 호신용인 듯한 단검이 있었다.

"그리고 너를 지키겠다는 말은 했지만, 소중히 여기겠다는 말은 안 했어."

『같은 의미잖아. 으음―, 그렇게 숨 막히는 오염 지역을 지나와서 그런지, 이곳의 공기는 특히 기분 좋게 느껴지네.』

천제 융메룽겐이 눈부시다는 듯이 눈을 가늘게 떴다.

마치 일광욕을 하는 아기 고양이처럼. 나뭇잎 사이로 새어드는 햇빛을 받으면서―.

『머나먼 제도에서 빠져나와 대륙의 이런 변경까지 왔잖아? 엄청난 여행이었다고. 그 덕분에 잡담할 시간은 충분했지만. ……30년 전의 **그것**은, 일회성 사건인 줄 알았어.』

나뭇잎 사이의 햇살을 쳐다보는 천제.

그는 말을 하나하나 천천히 씹는 듯한 말투로 이야기했다.

『제도에서 그 대폭발이 일어난 것은, 거기서 성령인지 뭔지 하는 원령 같은 것이 튀어나왔기 때문. 그래서 멜른은 이런 짐승 같은 모습으로 변한 것이다.』

바닥에 앉으면서 한쪽 무릎을 세웠다.

그 무릎에다 자기 턱을 올려놓고 몸을 앞으로 숙이더니. 수인은 수풀 속에서 나타난 소인에게 눈짓했다.

『그런 거 아니야?』

『아니야.』

세 명의 소인들.

한가운데 있는 소인이 그렇게 대답했는데, 그 사람만 유일하게 작은 돌을 연결해서 만든 소박한 목걸이를 걸고 있었다.

『성령은 도망쳐 나왔을 뿐이야. 별의 중추에서.』

『성령은 원흉이 아니라고? 제국뿐만 아니라 전 세계가 지금은 성령 때문에 대혼란에 빠졌는데?』

『아니, 아니야.』

장로 역할인 소인이 자기 발밑을 가리키면서 말했다.

『성령은 나쁘지 않아. 성령을 위협하는 것이 땅속에 있어.』

"……그 녀석이 원흉이구나?"

검은 머리 청년이 천제 대신 입을 열었다.

크로스웰 게이트 네뷸리스——.

제도에서 분출된 볼텍스의 힘을 뒤집어쓴 「최초의 마인」 중 한 명이었다. 친척인 네뷸리스 자매와 헤어지고 그 혼자만 제국에 남기로 결심했었다.

"그때 제국은 자원 채굴이란 명목으로 지하 5,000m나 되는 큰 구멍을 파고 있었어. 나도 그곳의 광부 중 한 명이었고……. 그래서 볼텍스도 우리가 지하에서 파낸 거라고 믿고 책임감을 느꼈었어. 그런데 그게 아니었던 거지?"

『그것과는 관계없어.』

장로의 대답은 전혀 망설임이 없었다.

『볼텍스는 성령들의 탈출로. 성령이 별의 중추에 있을 수 없게 돼서 도망쳐 나온 거야. 인간이 구멍을 팠느냐 안 팠느냐는 관계없어.』

"……우리가 지하를 팠든지 안 팠든지 간에, 어차피 제국에는 볼텍스가 생겨났을 거란 뜻인가."

『맞아. 이 숲처럼.』

별의 백성이 성역이라고 이름 지은 곳.

크로스웰과 천제도 이 숲에 한 발 들여놓자마자 그 이름의 유래를 이해하게 되었다.

이 숲의 지면에는——.

여기저기 작은 볼텍스들이 무수히 존재하고 있었기 때문이다.

그것들 하나하나는 기껏해야 아이가 장난으로 파놓은 함정 같은 크기였는데, 거기서 오색 빛깔의 성령 에너지가 뿜어져 나오고 있었다.

그야말로 빛의 분수.

솟구치는 성령 에너지에 의해 보호되고 있기 때문에, 이 카탈리스크 오염 지역 안에서 오직 이 숲만은 싱싱한 초록빛으로 뒤덮여 있는 것이었다.

『볼텍스는 저절로 생기는 것. 성령이 도망쳐 나온 길이니까.』

그렇다면——.

30년 전 사건의 전모를 밝혀내기 위해서는 『**성령은 어째서 도**

망쳐 나왔는가?』라는 수수께끼에 접근해야 한다.

"월드 에너미……인가."

크로스웰은 짓씹는 듯한 음성으로 이야기를 계속했다.

"별의 재액인지 뭔지 하는 괴물이 있어서, 그놈 때문에 성령들이 별의 중추에서 도망쳐 나왔다. 이런 현상이 계속되는 한, 볼텍스는 무한히 생길 것이다. 그렇지?"

제도의 사건은 그「첫 번째」사례였다.

앞으로 또 대도시에서 볼텍스가 발생한다면, 한층 더 많은 마녀와 마인이 본의 아니게 대량으로 탄생할 것이다.

"그 재액이 사라지면?"

『별의 중추가 안전해지니까 성령도 돌아갈 거야. 더 이상 지상에 나타나지 않을 거야.』

"……더 이상 인간에게 들러붙지도 않고?"

『맞아. 성령도 인간에게 깃들고 싶어서 깃든 게 아니야. 단지 성령은 아주 약하니까「집」이 필요한 거야. 별의 중추가 원래 성령들의 집이었어.』

요컨대 이런 것이었다.

별의 중추는 본디 성령의 고향이었다. 그런데 괴물 한 마리가 출현하는 바람에 고향을 빼앗긴 성령들은 별의 지표까지 도망쳐 나왔다.

"그럼 그 재액을 해치우면 되겠네. 해치울 수단은——."

『잠깐만, 크로. 그 전에 물어봐야 할 것이 산더미같이 많아.』

가만히 앉아 있던 천제가 입을 열었다.

세 명의 소인들을 응시하면서.

『재액을 어떻게든 해야 한다는 것은 이해했어. 하지만 애초에 그 재액이 있는 곳까지 도착할 수 있을까? 그 녀석은 별의 최심부에 있다면서? 제국군의 총력을 기울여서 별의 배꼽보다 더 깊은 굴을 파라는 건가?』

『이거.』

장로가 가리킨 것은 지면에 뻥 뚫려 있는 작은 구멍이었다.

물빛 성령 에너지가 반짝거리면서 솟아나고 있었다.

『……흐음. 볼텍스에 뛰어들라고?』

『모든 볼텍스가 별의 중추와 연결되어 있어. 하지만 그것은 성령이 지나가는 길. 인간이 지나갈 정도로 큰 구멍을 찾아낼 필요는 있어.』

『알았어. 그건 어떻게든 해볼게. 천제의 권력이든지 뭐든지 다 써서.』

천제가 쓴웃음을 지으며 손을 흔들더니――.

『크로의 질문으로 넘어가볼까. 별의 깊숙한 안쪽까지 갈 방법은 대충 알겠어. 그래서? 실제로 그것은 우리가 어떻게 할 수 있는 상대야? 성령도 못 이기고 도망칠 정도로 위험한 녀석이잖아?』

성령이 깃든 인간은 강력한 힘을 얻게 된다.

가장 대표적인 사례가 크로스웰의 친척 누나 에브였다. 그런데…… 그 **에브에게 빙의한 성령조차도 별의 재액을 피해 도망쳐**

나왔다고 한다면.

그것은——.

정말로 인간이 이길 수 있는 상대일까?

"가르쳐줘."

크로스웰은 장로의 눈을 지그시 바라보면서 꿀꺽 숨을 삼켰다.

"재액은 인간이 이길 수 있는 상대인가? 만약에 별의 중추로 제국군의 총력을 투입한다면, 승산은 어느 정도 있어?"

『없어.』

"——뭐라고?!"

말문이 막혔다.

승산이 어느 정도 있느냐고 물었다. 사실 크로스웰은 속으로는 "가능성이 낮다"나 "몇 퍼센트 정도이다"라는 대답을 예상했다.

하지만 그 약간의 기대가 철저히 무너졌다.

승산은 「없다」는 것이다.

『언젠가는 별을 멸망시킬 존재. 한 개체로서 이길 수 있는 녀석은, 별에는 없어. 애초에 인간의 힘은 통하지 않아.』

"……그 정도란 말인가."

차가운 식은땀이 뺨을 타고 흘러내렸다.

"그럼 어쩌라는 거지? 나와 융메룽겐은 별의 백성인 당신들이 불러서 여기에 온 거잖아. 그런데 희망은 없는 거야?!"

『————.』

그 순간.

지금까지 꼼짝도 안 하던 두 사람이 움직이기 시작했다.

장로의 좌우로 다가와서 소곤소곤 조그맣게 이야기했다. 물론 인간의 언어는 아니었다. 크로스웰이 귀를 쫑긋 세워도 그 대화 내용은 알아들을 수 없었다.

"응? 이봐……."

『희망.』

장로가 다시 한번 발밑의 볼텍스를 가리켰다.

『이 별의 모든 성령의 힘을 모으는 것.』

그 말은──.

크로스웰의 이해의 영역을 벗어난 것이었다.

"……무슨 소리야?"

『성령은 몹시 약하고 겁이 많아. 그리고 성령은 다 뿔뿔이 흩어져 있어. 지상에 있는 성령도 있고, 아직 별의 중추에 숨어 있는 성령도 있어.』

제국에 도달한 성령.

황청에 도달한 성령.

아무도 모르는 미개척의 비경에 도달한 성령도 있는가 하면, 이 성역에 도달한 성령도 있다.

성령은 전 세계에 흩어져 있는 것이다.

『그 모든 것을 모으면, 어쩌면.』

소인이 일제히 빙글 하고 반 바퀴 돌았다.

셋이 나란히 등을 보이더니, 크로스웰과 천제를 내버려 두고 걸어가기 시작했다.

"저, 저기, 이봐?"

『따라오라는 거야. 가자, 크로.』

수인도 일어나서 걸음을 뗐다. 크로스웰도 허둥지둥 그 뒤를 쫓아갔다. 그리하여 도착한 곳은 새하얀 벽돌을 쌓아 올린 듯한 돔이었다.

그 돔의 문을 통해 들어갔더니.

"어? 뭐야, 이 검은 돌은……."

크로스웰의 입에서 맨 처음 흘러나온 말은 그것이었다.

아무리 봐도 돌이었다.

방 한가운데에 대좌가 설치되어 있고, 인간 기준으로 한 아름은 되어 보이는 검은색 돌이 그 위에 놓여 있었다.

──짐승의 이빨처럼 날카롭고 뾰족한 형태.

그런 돌이 모셔져 있는 것이었다.

평범한 돌일 텐데도 그 대좌에는 알록달록한 꽃과 과일이 바쳐져 있었다.

『성령.』

"뭐?"

『성령은 개별적으로는 존재할 수 없어. 그래서 인간에게 깃든 거야. 이것은 인간에게 깃들지 못한 성령들이 모여서 수백 년에 걸쳐 결정화된 것.』

"이것이 원래 성령이었다고?! 아니, 잠깐만⋯⋯!"

검은 결정을 들여다봤다.

전혀 성령이란 생각이 들지 않았다. 크로스웰이 아는 한, 성령 에너지는 다종다양한 색깔로 은은하게 빛나는 것이었다.

화려한 성령의 빛과, 이 검은 결정의 색깔.

이러한 이미지들이 쉽게 하나로 결부되지 않았는데⋯⋯.

『앗! 그렇구나!』

그때 융메룽겐이 짝 하고 손뼉을 쳤다.

『크로, 너 미술은 좋아해? 그림에 재능은 있어?』

"⋯⋯무슨 소리야?"

『전혀 없지?』

은색 수인은 재미있어하는 것처럼 어깨를 으쓱했다.

『간단히 가르쳐줄게. 세상에는 삼원색이란 게 있거든. 빨강과 파랑과 초록, 그리고 노랑과 주황, 보라. 이 세상에 무수히 존재하는 색깔들. 그것들을 전부 다 합치면 무슨 색이 되는지 알아?』

"어, 전혀 모르겠는데⋯⋯."

『**검은색이야.** 바로 이 결정의 색깔이지.』

융메룽겐이 눈앞에 있는 결정 쪽으로 걸어가서━.

『**검은색이란 것은 모든 색을 합쳤을 때 나오는 색**이야. 그리고━.』

검은 결정에 손을 얹었다.

칼끝처럼 날카로운 결정을 살살 쓰다듬듯이 만지면서——.

『크로. 너도 알지? 아무래도 성령은 고유의 색을 가지고 있는 것 같아.』

불의 성령은 붉은색 성문.

얼음의 성령은 푸른색 성문.

바람의 성문은 초록색 성문.

좀 더 세분화하자면, 바람의 성령 중에는 초록빛을 띤 벽색 성문도 있었다.

『이 별의 모든 성령이라면, 틀림없이 수백 수천 가지는 가뿐히 넘을 거야. 아마도 수만, 수십만이나 되는 성령 고유의 색이 있을 테지. ……이 결정을 봐. 이 결정이 검은색이란 것은, 그만큼 많은 성령이 하나로 뭉쳤다는 증거야.』

온갖 성령 에너지가 융합된 것.

어떤 색의 성령이 하나라도 부족했다면, 이 결정은 완전한 검은색이 되진 못했을 것이다.

"……실감이 안 나는데. 아무튼 이 돌이 비장의 카드가 된다는 거야?"

조심스럽게 손을 내밀었다.

융메룽겐이 만지고 있는 것처럼 크로스웰도 그 검은 결정을 만져봤다.

"재액을 해치우기 위해 모든 성령을 모은다……. 그리고 이 돌이 그런 결정체라면, 이미 비장의 카드는 갖고 있다고 생각해도 되나?"

『그건 맞지만, 부족해.』

장로가 양팔을 벌렸다.

『이 결정은 이 성역에 있는 성령들만큼의 힘밖에 없어. 아직 턱 없이 부족해. 별의 재액과 싸우려면, 이 세상 전체에 흩어져 있는 모든 성령이 필요할 거야. 성령에게 말을 걸어서 이 결정에다 힘을 저장시켜야 해.』

"이 세상 전체의 모든 성령?! 그건…… 거의 불가능한 거 아냐?!"

방금 별의 백성이 가르쳐주지 않았는가.

별의 최심부에서 도망친 성령들은 다들 뿔뿔이 흩어져 지표면으로 튀어나왔다.

제국에서 튀어나온 성령.

황청에서 튀어나온 성령.

개척되지 않은 숲이나 사막이나 황야에 생긴 볼텍스도 있을 것이다.

그런 성령들 모두에게 말을 건다──.

『요소가 있으면 돼.』

장로가 양팔을 벌린 채 하늘을 우러러봤다.

『얼음의 성령 하나. 그러면 빙설의 성령이나 눈보라의 성령. 그 동료인 얼음의 성령들도 다 모이는 거야.』

"……그런 건가."

별의 중추에서 도망쳐 나온 성령은 다들 뿔뿔이 흩어졌지만.

그래도 그들은 모두 「동료」였다.

얼음도.

흙도.

번개도.

불꽃도.

바람도.

『이 별의 에너지(현상)에서 성령이 태어났어. 모든 성령을 모은
다는 것은 이 별의 모든 에너지, 별의 모든 기억을 모으는 것과
같아.』

이 별의 모든 에너지, 모든 기억——.

그것을 다 모아야지만 비로소 별의 재액에 도전할 힘이 된다.

『그렇대. 크로.』

천제가 짓궂게 웃으면서 크로스웰의 옆구리를 쿡쿡 찔러댔다.

『이 상황 전개를 봐. 누가 그 일을 하게 될지, 짐작이 가지?』

"……젠장. 당연하다는 듯이 전대미문의 중대한 역할을 떠넘기
지 마."

뒤통수를 거칠게 긁적였다.

그리고 한바탕 한숨을 내쉰 뒤, 검은 머리 청년은 새삼스레 눈
앞에 있는 결정을 들여다봤다.

검은색 결정.

거대한 짐승의 이빨처럼 날카로운 그 끝을 바라보더니——.

"부탁이 있어."

별의 백성들을 돌아봤다.

"이 돌을 그대로 들고 다닐 수는 없어. 이 결정을 가공해서 검으로 만들면 안 될까?"

『검?』

"그래. 별의 재액과 싸우려면 무기가 필요하잖아?"

이리하여——.

세상에서 가장 거대한 성령 에너지의 결정은, 한 자루의 검으로 다시 태어났다.

흑의 성검.

모든 성령 에너지를 흡수해서 저장하는 검 형태의『그릇』.

같은 물건은 두 번 다시 만들 수 없다.

"일의 중대함은 나름대로 이해했다고 생각해. 내가 할 수 있는 일은 해보겠다."

크로스웰은 장로에게서 흑의 성검을 받았고——.

70년 전의 회상은 여기서 끝났다.

━━━━━━

등불의 성령술이 사라져간다.

시스벨이 발동시킨 것이 아니었다. 이 빛은 이스카 일행의 눈앞에 있는 돌에서 생겨난 것이었다.

흑의 성령 결정.

모든 성령 에너지가 모여서 결정화된 이 돌에는, 『등불』의 성령의 동료에 해당하는 에너지도 깃들어 있는 것이리라.

"——흐음. 과연, 그런 거였구나?"

조용해진 방 안에서.

리샤가 납득한 표정으로 고개를 끄덕거렸다.

"이스캇치의 검에 대해서는 나도 잘 몰랐거든. 천제 폐하도 『조만간 알게 될 거야』라고 하면서 가르쳐주시질 않았고. 저기, 이스캇치. 그렇게 중대한 비밀이 있었으면 좀 가르쳐줘도 되는 거 아니었어?"

"아, 아니, 오해예요. 리샤 씨. 저도 처음 들었다고요!"

리샤가 히죽히죽 웃으며 이쪽을 들여다보자, 이스카는 허둥지둥 양손을 흔들었다.

크로스웰 스승님은 성검의 내력 따윈 하나도 가르쳐주지 않았다.

······하지만 내가 스승님과 같은 입장이었어도 그렇게 했을지도 모른다.

······이야기의 규모가 너무 크기 때문이다.

자신은 제국과 황청의 화평을 위해 싸워왔다.

그런 싸움만 한다면, 성검의 비밀은 굳이 알 필요가 없다. 성령술사와의 싸움만 한다면 성검은 단순히 「성령술을 베는 검」으로 쓰기만 해도 되니까.

진실을 설명하는 것은 시기상조다.

스승님과 천제는 그렇게 판단한 것이리라.

……하지만 이제 국면이 바뀌었다. 제국과 황청의 전쟁은 더 이상 문제가 아니었다.

……별의 재액과 마녀라는 위협적인 적이 나타났으므로.

성검이 진정한 의미에서 필요해지는 국면이 된 것이다.

그래서 「지금」 설명한 것이다.

그리고――.

지금까지 자신이 분투했던 것도 쓸모없는 일은 아니었다. 그렇게 생각한다.

전장에서 성령술사와 싸움으로써 성령의 에너지(현상)를 성검에 기억시킨다.

평화 협상을 꿈꾸면서 황청과 싸웠던 것이――.

이스카 본인은 의도하지 않았어도, 「모든 성령을 모은다」는 성검의 진짜 목적과 연결되어 있었다.

"아, 맞다. 그러면…….."

바닥에 늘어놓은 두 자루의 성검.

이스카는 그중에서 백의 성검을 가리키면서 장로를 돌아봤다.

"방금 그 이야기에는 흑의 성검만 나왔는데요. 이쪽도 가르쳐 주실 수 있을까요?"

『백의 성검?』

"네. 이쪽에도 중대한 의미가 있을 테죠?"

『…………그것은.』

장로가 입을 다물었다.

그리고 이쪽의 얼굴을 가만히 바라보더니.

『없다.』

"없다고요?!"

『중요한 것은 성령의 에너지를 기억시키는 것. 백의 성검은 흑의 성검에 모인 에너지를 살짝 발휘하는 거지. 즉, 모아놓은 힘을 소비하는 거야.』

"아니, 저, 그러면 왜 만드신 거죠?"

『크로가 부탁했으니까.』

장로는 몸을 수그렸다.

그리고 이스카가 바닥에 늘어놓은 두 자루의 성검을 한꺼번에 집어 들었다.

『친척 누나를 막기 위해서, 흑의 성검에 모아둔 힘을 조금만 사용할 수 있게 해 달라고 했어. 성검도 중요하지만, 성검을 사용하는 사람도 중요하니까. 그래서 허가했어.』

"……그런 사연이 있었군요."

성검은 두 자루.

흑과 백, 두 가지 색깔이 있다. 거기에는 분명히 의미가 있었던 것이다.

색의 삼원색——모든 색이 모이면 검은색이 된다.
빛의 삼원색——모든 빛이 모이면 하얀색이 된다.

검게 물든 성검은, 모든 성령의 에너지가 집약됐다는 증거이고.
희게 물든 성검은, 그 에너지가 다시 성령의 빛으로서 방출된다는 증거.
전자는 별의 재액에 대항하는 비장의 카드.
후자는 성검의 검사 자신을 지키기 위한 비장의 카드.
"자, 그럼…… 슬슬 시간이 됐나. 메이 씨도 지금쯤이면 기다리다 지쳤을 테니."
리샤가 통신기를 꺼냈다.
그 화면에 표시된 현재 시각을 확인하면서——.
"이스캇치, 더 물어보고 싶은 것은 있어?"
"저는……."
"질문이 있습니다."
그곳에 있는 모든 자들의 시선이 한곳에 집중됐다.
한 손을 들고 있는 키싱에게.
"이스카가 소지한 성검이, 별의 재액과 마녀에게 유효하다는 것은 알았습니다. 그렇다면 그런 물건이 여러 개 있는 게 더 편리하지 않을까요?"

『——————.』

"성검을 두 개 만들 수는 없습니까?"

『못 해.』

장로가 대좌에 있는 검은색 결정을 가리켰다.

『너무 작아. 순도도 낮아.』

역시 불가능하구나.

리샤와 이스카는 속으로 그렇게 납득을 했는데, 달의 왕녀는 포기하지 않았다.

"같은 성능이 아니어도 됩니다. 크기도 이스카의 성검만큼 크지 않아도 돼요. **제가 사용할 거니까** 나이프 같은 복제품이면 됩니다."

"키싱?! 지금 무슨 소리를 하는 거야?!"

앨리스가 그쪽을 돌아봤다.

지금까지 입 다물고 생각에 잠긴 분위기였는데, 키싱의 한마디를 듣고 퍼뜩 정신을 차린 것 같았다.

"당신이 성검을 사용한다고?! 대체 어쩌려는 거야?"

"당연히 일리티아를 타도하기 위한 비장의 카드로 쓸 겁니다."

그런데 키싱 본인은 전혀 동요하지 않았다.

자신을 추궁하는 앨리스를 무시한 채, 별의 백성들에게서 한순간도 눈을 떼지 않고——.

"부탁드립니다."

『……작은 것이라면 만들 수 있을지도 몰라. 하룻밤 시간을 주면.』

"감사합니다."

검은 머리 소녀가 정좌한 채 고개를 깊이 숙여 인사했다.

"제 용건은 이걸로 끝입니다."

"예상외의 제안이라서 나는 재미있었어요. 키싱 왕녀님. 자, 그럼 앨리스리제 왕녀님, 시스벨 왕녀님. 뭔가 하고 싶은 이야기가 남아 있나요?"

"……아니."

"……나도 없어요."

루 가문의 왕녀 자매는 똑같이 고개를 옆으로 흔들었다.

그러고 보니——『등불』에 의해 과거가 재현된 다음부터 이 자매는 마치 딴사람이 된 것처럼 조용해졌다. 그리고 뭔가 생각에 잠긴 듯한 모습이었다.

무슨 일이 있었나?

이스카가 그렇게 물어보기도 전에 앨리스가 벌떡 일어나서 빙글 몸을 돌렸다.

"자, 돌아가서 보고하자. 야영지에서 린이 기다리고 있으니까."

카탈리스크 오염 지역에 밤이 찾아오고 있었다——.

Chapter.5

『해피엔드라고 하기에는
너무나 괴로워서』

the War ends the world /
raises the world

카탈리스크 오염 지역.

숨 막히게 자극적인 냄새와 사막처럼 작열하는 공기가 고여 있는 습지대. 그곳에 있는 조그만 육지에 텐트를 쳐놓고 밤을 보내게 되었는데──.

"앨리스 님, 무슨 일이세요?"

텐트 밖.

타닥타닥 불티가 튀고 있는 모닥불이 린의 모습을 어렴풋이 비춰줬다.

"냄새가 너무 심해서 주무실 수 없는 건가요?"

"……그것도 그렇지만, 생각을 좀 하고 싶어서."

앨리스는 등을 둥글게 말고 무릎을 끌어안은 자세였다.

텐트에서 슬그머니 빠져나와 이렇게 모닥불을 한동안 바라보고 있었다.

잠이 안 왔다.

성역에서 별의 백성에게 **그 이야기**를 들었을 때부터, 뇌가 일종의 각성 상태에 빠져버렸다는 것은 자각하고 있었다.

"……실은 앨리스 님과 시스벨 님의 상태가 쭉 마음에 걸렸습니다."

모닥불 앞까지 걸어오는 린.

"두 분이 돌아오셨을 때 표정이 좋지 않은 것처럼 보였습니다. ……별의 백성인지 뭔지한테서 무슨 이야기를 들으신 겁니까?"

"낮에 이야기했던 내용과 같아."

"아, 네. 제국 검사의 성검 말이죠."

린이 쓴웃음을 지었다.

"저는 오히려 그 검의 비밀을 듣고 가슴속의 의문이 풀리는 기분을 느꼈습니다. 그 검은 제국군의 병기들과는 성질이 전혀 달랐거든요."

"…………."

그게 아니다.

자신은 그보다는, 그 성검으로 해치워야 할 상대에 대해 생각하고 있었다.

"나는 성검이 만들어지게 된 원인에 대해 생각하고 있었어."

"재앙인지 뭔지 하는 것 말인가요?"

"응. 린, 너는 별의 백성의 이야기를 듣고 무슨 생각을 했어?"

"……글쎄요."

린의 입매가 딱딱하게 굳어졌다.

"저는 오로지 제 눈으로 본 것만 믿습니다. 그것이 저의 신조예요. 제가 서 있는 이 지상보다도 훨씬 더 깊은 곳에 무시무시한 괴물이 잠들어 있다니…… 그런 이야기는, 오래된 신화나 어린이를 위한 동화처럼 여겨질 뿐이었습니다."

"믿을 수 없다는 거야?"

"……믿고 싶지 않다. 그것이 솔직한 심정입니다."

린은 그 자리에 쪼그려 앉아서 발밑에 있는 나뭇가지를 집어 들었다.

그리고 활활 타는 모닥불에 나뭇가지를 휙 던져 넣었다.

"저는 자신이 본 것만 믿습니다. 그리고 **세 번이나 봤습니다.** 인간이, 인간이 아닌 존재로 변하는 순간을."

첫 번째는 히드라의 비소와즈가 마녀로 변하는 장면.

두 번째는 제국의 미친 과학자 켈비나가 타천사로 변하는 장면.

세 번째는 다름 아닌 일리티아였다.

"충격이 컸던 것은 아무래도 일리티아 님이었습니다. 그분이 그토록 불길한 모습으로 변한 것은, 그 재액의 존재 없이는 설명할 수 없어요."

"린, 너는 해치워야 한다고 생각해? 그 재액을."

"물론이죠."

시종은 힘차게 고개를 끄덕였다.

그것은 '해치워야 할 존재이다'란 인식과 더불어 '저도 싸울 각오가 되어 있습니다'라는 주장을 보여주는 것 같았다.

"이 카탈리스크 오염 지역의 상태를 보면, 별의 재액을 그냥 내버려 둔다는 선택지는 있을 수 없습니다. 제국보다 더 명확한 적처럼 보입니다. 일리티아 님 같은 사례는 두 번 다시 보고 싶지 않다는 이유도 있지만요."

"린."

여기 앉아봐.

앨리스는 자신이 앉아 있는 자리의 옆을 가리키면서 말없이 손 짓했다.

"네 말이 맞아. 그걸 전제로, 내가 고민하는 문제에 관해 상담 하고 싶어."

"네, 얼마든지 하십시오."

린이 옆에 앉았다.

그때까지 기다렸다가——.

"재액은 해치워야만 해. 그런데 해치우려면, 꼭 각오해야 하는 것이 있어. 그게 뭔지 알아?"

"……우리 인간 측의 희생인가요?"

"그것도 있지. 하지만 지금 내가 고민하는 것은 다른 문제야."

"별의 가장 깊은 곳까지 들어가는 방법인가요? 별의 백성인지 뭔지의 이야기를 믿는다면, 인간이 지나갈 만한 규모의 볼텍스만 찾아내면——."

"황청이 소멸할 거야."

자신이 고한 미래를——.

옆자리에 앉아 있는 시종은 전혀 이해하지 못한 것 같았다.

"…………네?"

"린."

스러질 듯이 희미한 쓴웃음.

입을 반쯤 벌린 채 이쪽을 쳐다보고 있는 시종의 머리카락을 살며시 쓰다듬은 뒤, 앨리스는 한밤중의 하늘을 우러러봤다.

"조금만 미래의 이야기를 해볼게. 그 재액을 해치운 후 다가올 미래의 이야기야."

————————————

같은 시각.

카탈리스크 오염 지역보다 훨씬 더 북쪽에 위치한 볼텍스 「그레고리오」.

그곳에 도착한 히드라가 본 것은——.

"이게 뭐야? 그냥 커다란 구멍이잖아."

붉은 머리 소녀 비소와즈는 지면에 뻥 뚫린 큰 구멍을 들여다봤다.

빛이 닿지 않는 새까만 암흑.

만약에 낮이었다면 구멍 내부도 어느 정도는 보였을 테지만, 아쉽게도 지금은 아직 이른 아침이었다. 이제야 겨우 지평선 끝에서 태양이 떠오르려 하고 있었다.

"볼텍스란 것은 성령 에너지가 분출해서 생기는 구멍인데. 그러니까 그 굴은 반짝반짝 빛나는 거 아니었어요? 당주님."

"하하! 그것은 볼텍스가 생긴 지 몇 주일 이내의 이야기지."

비소와즈 옆에 서 있는 당주 탈리스만.

그가 코트 주머니에서 꺼낸 것은 대형 손전등이었다.

"이 볼텍스는 거의 100년 전에 생성된 거야. 이곳을 통과한 성령은 벌써 옛날에 지표면의 어딘가로 가버렸을 거다. 그러니까 탐험하려면 전등이 꼭 필요해."

"성염(星炎)으로 밝혀드릴까요? 그 불은 꺼지지도 않는데?"

"너는 유사시에 대비해 힘을 온존했으면 좋겠어. 뭐, **기껏해야** 지하 30만 미터인걸. 여기서 뛰어내리면 금방 갈 수 있어."

고도 30만 미터에서의 낙하.

비행기의 높이가 고도 1만 미터인데, 그보다 30배나 되는 깊이의 지하로 「뛰어내린다」.

보통 사람이라면 상궤를 벗어난 행동처럼 보일 테지만, 여기 모여 있는 사람들은 성령술사 왕족. 그리고 그 정예부대였다.

──바람의 성령으로 낙하 속도 조정.

──그리고 히드라에는 바람의 성령을 최대한 강화하는 성령술이 있었다.

광휘의 성령.

미젤히비 왕녀의 별명은 「걸어 다니는 볼텍스」. 이 왕녀의 힘은 타인의 성령을 순혈종만큼 강하게 만든다.

"적당한 시각이야."

탈리스만이 손목시계를 힐끔 봤다.

"앞으로 30분 후에는 해가 떠오를 거야. 그러면 이 커다란 구멍도 조금이나마 안이 보이게 될 테지. 그때부터 지저 여행이 시작되는 거야. 어때? 미지."

"네, 그 말씀이 맞습니다."

미젤히비가 생긋 웃으며 하얀 숨을 토했다.

하늘이 아직 어두운데도 미젤히비의 상징인 감청색 머리카락은 아름다운 빛을 발하고 있었다.

"······아, 그래요. 숙부님. 질문을 하나 드려도 될까요?"

"뭐지?"

"이 볼텍스로 들어가서 일리티아보다 먼저 별의 중추에 도달한다. 그 필요성은 잘 이해했습니다. 그런데 막상 재액을 발견했을 때는——."

미젤히비가 당주를 보면서 말했다.

"숙부님은 그 재액을 어떻게 하시려는 겁니까?"

"단순히 연구하고 싶은 거야. 이 별에서 가장 거대한 존재를 완벽하게 파악하고 싶어."

명랑한 말투로 대꾸하는 당주.

"아무래도 내 본질은 당주가 아니라 연구자에 가까운 것 같아."

그렇다.

과거에 이 남자는 자신의 성령술을 이스카에게 보여주면서 이런 말을 했었다.

"파동의 물리적 전환. 이 기술을 설계하는 데 6년이 걸렸다. 제대로 수득하는 데 8년이 걸렸고. 이 경지에 이르는 데 또 13년이 걸렸다. 약 30년. 내가 좀 요령이 없거든."

"여기까지 도달하려면 광기가 필요하지."

남들은 이해할 수 없는 연구열——.

그것이 바로 히드라 가문의 당주 탈리스만의 본질이었다. 그리고 그것이야말로 팔대사도와의 가장 큰 차이라고 할 수 있었다.

별의 재액을 「이용하고 싶다」고 생각했던 것이 팔대사도.

별의 재액을 「완벽하게 알고 싶다」고 생각했던 것이 탈리스만이었다.

"애초에 별의 재액은 어디서 온 걸까?"

탈리스만은 하늘을 쳐다봤다.

"하늘에서 왔나? 아니면 지저의 돌연변이체인가? 지성이 있는지도 확인하고 싶어. 만약에 지성이 있다면 우리가 잘 길들여서 키울 수 있을지도 몰라."

"……숙부님다운 생각이네요."

미젤히비가 쓴웃음을 지었다.

당주의 철학이었다. 「적을 해치우는 자는 바보」「길들이는 자가 현자」란 것이다.

"그렇다면 숙부님의 이상은 별의 재액을 해치우는 게 아니라,

오히려 강력한 애완동물로서 사역하는 건가요?"

"그렇지. 하지만 중요한 것이 또 하나 있어."

금발 위장부가 갑자기 정색했다.

그리고 미젤히비와 비소와즈에게도 잘 보이도록 손가락을 하나 세웠다.

"그 가부(可否)와는 상관없이, **별의 재액은 해치우면 안 돼.**"

"네?"

"으응? 그게 무슨 뜻이에요? 당주님."

두 소녀가 똑같이 눈을 동그랗게 떴다.

그런 소녀들을 향해 탈리스만은 손가락으로 지면을 가리키면서——.

"생각해보렴. 성령은 별의 중추에 자리 잡은 재액이 무서워서 지표까지 뛰쳐나온 거야. 그럼 그 재액이 사라지면 어떻게 될까?"

"위험이 사라졌으니, 성령은 별의 중추로 돌아가나요?"

비소와즈의 대답.

그런데 당주는 계속해서 미젤히비를 재촉하듯이 고개를 끄덕거렸다.

"미지. 한 단계 더 『앞』의 미래가 보이느냐?"

"……미래라고요?"

"그래. 재액을 해치우면 성령은 대이동을 개시한다. 지표, 상공, 이 별의 온갖 장소에 흩어져 있던 성령들이 일제히 중추로 돌아가게 될 거야. **그리고 인간에게 깃들었던 성령도 이에 포함된다.**"

"헉! 설마!"

감청색 머리카락을 지닌 왕녀가 놀라서 눈을 부릅떴다.

"모든 성령술사의 힘이 사라진다는 겁니까?!"

"그래, 미지. 이 별의 모든 성령술사가 힘(성령)을 잃게 되는 거다. 네뷸리스 황청은 머잖아 쇠퇴하게 될 거야."

시조도 왕가도 전부 다 무력해진다.

왜냐하면 성령을 잃은「평범한 인간」으로 돌아가기 때문이다.

"……웃기지도 않아요."

히드라의 왕녀는 하얗게 흐려진 숨을 토해내더니 주먹을 불끈 쥐었다.

참을 수 없다.

성령술사에게 성령이란 것은 그야말로 선택받은 자의 증거였다.

성령의 가호에 의해 황청은 번영해왔다. 그 성령을 잃는다는 것은, 전 재산을 잃는 것보다 훨씬 더 무서운 일이었다.

무력한 인간으로 돌아간다고? 그런 것은 농담으로 넘길 수 없었다.

"……숙부님의 사상에 동의합니다."

미젤히비는 입술을 깨물더니 낮은 목소리로 그렇게 말했다.

"별의 재액은 해치우면 안 된다. 그 의미를 잘 알았습니다."

"그래, 그런 거야. 별의 재액이 사라지면 모든 성령술사는 힘을 잃는다. 우리는 재액을 지켜야만 해."

탈리스만이 뒤를 돌아봤다.

지평선에서 떠오르고 있는 태양을 바라보면서——.

"힘 있는 자일수록 지켜야 할 것도 많다. 그 힘을 버린다는 것은 어려운 일이야."

별에게 받은 힘.

그것을 기꺼이 포기하는 사람은, 황청에는 한 명도 없을 것이다.

"재액은 해치우면 안 된다. 빠르거나 늦거나 간에 언젠가는 모두 깨닫게 될 거야."

━━━━━━━━━

"……재액을 해치우면, 성령술사는 더 이상 성령술사가 아니게 된다."

타닥타닥 튀는 불티.

모닥불 빛에 비친 린의 입술은 핏기가 사라져 새파랗게 질려 있었다.

"그것은…… 네뷸리스 황청이 멸망한다는 것과, 같은 의미……."

사라질 것처럼 조그맣게 갈라진 목소리.

린이 이렇게까지 심하게 동요하는 것은 아마 난생처음일 것이다.

"……죄송합니다, 앨리스 님……. 이런 것도 눈치채지 못해서······."

"아냐, 린. 단지 좀 빠른가, 느린가의 차이일 뿐이야."

고개 숙인 시종 앞에서 앨리스는 머리를 옆으로 흔들었다.

위로하려는 것이 아니었다.

언젠가는 누구나 눈치챌 것이다. 별의 백성의 마을에서도 그랬다. 맨 처음 눈치챈 사람이 자신과 시스벨이었고. 한편 키싱은 눈치채지도 못한 것 같았다.

그것은 키싱이 일리티아에 대한 복수에 심혈을 기울이고 있기 때문이리라.

······그 자리에서 눈치챈 사람은 나와 시스벨.

······이스카는······ 성검 때문에 그런 것에는 신경 쓸 여유가 없었을 거야.

성령술사이기 때문에 맨 처음 눈치채고 말았다.

재액을 해치운 후의 미래──.

재액을 해치우면, 성령은 별의 중추로 돌아갈 것이다.

인간에게 깃들었던 성령도 예외는 아니다. 성령이 떠나가면 성령술사는 힘을 잃는다. 물론 즉시 성령술을 쓰지 못하게 될 정도로 급격한 변화는 아닐 테지만.

"머릿속에 문득 떠올랐어."

불티를 쳐다봤다.

무수한 불꽃이 차례차례 하늘을 향해 솟구치다가 금방 밤바람에 휩쓸려 사라져버렸다. 그런 결말이 자신에게는 마치 성령술사의 미래인 것처럼 보였다.

성령술사라는 존재가 이윽고 하나도 남김없이 사라지는 것이다.

"재액을 해치우면 성령술사가 사라진다. 성령술사가 사라지면 황청이라는 나라도 쇠퇴하다가 언젠가 멸망하게 될지도 몰라."

"아니, 그럴 수가?!"

"……그것을 각오하고 재액을 해치워야 하는 걸까? 나로선 당장 말이 나오지 않았어."

답이 나올 리가 없었다.

……하다못해 「맞교환」이었다면.

……얼마나 좋았을까.

예를 들어 세계평화를 위한 대가로 자기 혼자만 성령을 잃어버리게 된다면.

그런 교환이라면 망설이지 않을 것이다. 자신이 성령을 잃는 대신에 세계가 행복해지는 미래가 약속된다면, 자신은 상관없었다.

그러나 현실은───.

어느 쪽을 선택해도 불행한 것이다.

재액을 해치우지 않으면 별이 멸망한다.

재액을 해치우면 황청이 멸망한다.

물론 전자는 선택할 수 없다.

자신도 사태의 심각성은 알고 있었다. 린도 마찬가지일 것이다. 하지만 아무런 망설임 없이 후자를 선택하는 사람이 과연 있을까?

성령술사에게는 너무나 가혹한 양자택일이었다.

"행복해질 수 있는 미래가 사라진 거야. 우리————…… 윽, 누구야?!"

눈치챈 것은 우연이었다.

모닥불에서 솟구치는 불티가 우연히 바람을 타고 휘날리면서 텐트 쪽을 환하게 비췄다. 그 순간 사람 그림자가 드러난 것이다.

"거기 있는 사람, 누구야?!"

튕겨 나가듯이 벌떡 일어났다.

우리의 이야기를 엿들었나?

"안 나올 거야? 그럼 내가 직접——."

"아, 알았어!"

발소리가 모닥불 쪽으로 다가왔다.

불빛을 받아 나타난 검은 머리 소년. 그걸 본 앨리스는 반사적으로 숨을 들이켰다.

"……이스카?"

━━━━━━━

누군가가 텐트에서 빠져나갔다.

자신은 그 기척을 느끼고 텐트에서 나왔다. 그런데 모닥불 앞에서 누가 이야기하는 소리가 들렸고, 누구인지 신경 쓰여서 가까이 가봤던 것이다.

"……일부러 엿들으려고 한 것은 아니야."

양손을 들어 올렸다.

표정이 딱딱하게 굳어진 앨리스와 린을 향해 이스카는 그 자리에서 말을 이었다.

"누군가가 텐트에서 빠져나간 것을 눈치챘거든. 그게 순수하게 신경 쓰여서…… 어, 그러니까…….'

"들었구나?"

"……그게…….'

"고의였든, 우연이었든 간에. 내 이야기를 들었는지 안 들었는지 솔직히 가르쳐줘."

앨리스는 눈조차 깜빡이지 않았다.

활활 타오르는 모닥불보다도 더 강하게 빛나는 그 눈빛이 마치 이스카를 꿰뚫는 것처럼 압박했다.

대충 얼버무릴 수 없다.

아니, 그보다도. 여기서 시치미를 떼서 앨리스의 신뢰를 잃어버리는 것이 무서웠다.

"……들었어. 방금 여기 왔을 때 들리는 부분만."

"그랬구나. 그래서 무슨 생각을 했어?"

그런 걸 물어봐도 대답하기 곤란했다.

성령술사가 아닌 이스카로서는 전혀 생각 못 한 미래의 이야기였으니까.

"앨리스, 화났어?"

"화나지 않았어."

"……하지만 눈과 목소리가 무서운데."

"진지한 이야기를 하고 있어서 그런 거야!"

"……알았어. 그럼 솔직하게 말할게."

흥분해서 어깨를 들썩이는 앨리스와, 이쪽을 노려보는 린. 두 사람을 번갈아 보다가———.

이스카는 시선을 허공으로 옮겼다.

"나는…… 성검 생각으로 머릿속이 꽉 차 있어서, 앨리스 같은 생각은 전혀 하지도 못했어. 그래서 너희 둘의 이야기를 듣고 놀랐고, 그런 가능성도 있구나 하고 납득했어. 하지만 그 이상은 나로선 알 수 없었어. 나는 성령술사가 아니니까."

"생각해 볼 마음은 없어?"

"생각해봤자 결론이 안 나는 이야기처럼 느껴졌거든."

이쪽을 바라보는 앨리스와 린, 두 사람 앞을 가로질러———.

이스카는 모닥불 앞에 가서 쪼그려 앉았다.

"재액을 해치우고. 그 결과 앨리스가 더 이상 성령술사가 아니게 된다고 치자. 그런 현상이 며칠 후에 일어날지, 아니면 몇십 년 후에 일어날지는 아무도 몰라. 나는 그런 것에는 관심 없어."

"……그건 나한테 관심이 없다는 뜻이야?"

"아니, 그 반대야."

"반대라고?"

그렇게 되물어보는 앨리스를 향해――.

"성령이 없어도 앨리스는 앨리스잖아?"

이스카는 짧게 대답했다.

"린."

"……왜."

"앨리스가 성령술사가 아니게 되면, 너는 앨리스의 시종 노릇을 그만둘 거야?"

"뭐? 내가? 그만둘 리 없잖아!"

린은 반사적으로 그렇게 대꾸했는데, 그러다 도중에 헉 하고 눈을 크게 떴다.

그런 것이었다.

성령이 사라져도 입장은 전혀 달라지지 않는다.

"하, 하지만, 제국 검사! 그것은 네가 제국 사람이기 때문이다. 우리 성령술사가 성령을 잃어버린다는 것이 얼마나 괴로운 일인지도 모르는 주제에!"

"당연하지. 나는 잃어버리기는커녕, **처음부터 가지고 있지도 않았으니까.**"

"……!"

"그러니까 내 생각에는——."

"이스카."

한순간.

금발 머리 왕녀가 그렇게 말을 꺼낸 딱 한순간, 그 외의「소리」는 전부 다 정지했다.

모닥불이 탁탁 튀는 소리도.

소름 돋게 서늘한 밤바람도.

모든 것이 사라지고 오직 앨리스의 목소리만 들렸다.

"방금 그 말. 맹세할 수 있어?"

그렇게 묻는 왕녀의 눈동자는 흔들리고 있었다.

"재액을 해치우는 대가로…… 내가 성령을 잃어버려도…… 너는…… 나를 나라고, 생각해 줄 거야……?"

"그거야——."

그때 밤하늘에서 극채색 빛이 흩날렸다.

빨강, 파랑, 노랑, 초록…….

칠흑의 밤을 배경으로 무지개색 빛이 솟구치는 경관은 마치 불꽃놀이처럼 보였는데, 그 빛은 화약이 아니라 은은한 성령 에너지의 빛이었다.

"성역에서 나온 건가?!"

별의 백성들의 마을이 있는 방향이었다.

그렇다면 성역에 있는 성령들이 하늘로 튀어 오른 건가?

"……이 현상은 뭐야?!"

린이 쳐다보는 가운데 칠흑의 하늘이 순식간에 밝아졌다. 수백, 수천이나 되는 성령들이 밤의 어둠을 날려버리면서 대낮처럼 밝게 세상을 물들이고 있었다.

그런데 **대체 왜**?

왜 하늘로 튀어 오른 거지?

"저기, 이봐—? 이게 무슨 소동이야? 한밤중에 퍼레이드라도 시작한 거냐?"

메이가 뒤통수를 긁적거리면서 안쪽의 텐트에서 나왔다.

그 옆에는 리샤의 모습도 있었다.

"리샤야, 설명 좀 해봐."

"나보다 더 잘 알 것 같은 상대에게 물어보세요. 어, 그래서 무슨 일인 것 같아요? 키싱 왕녀님. 당신의 눈에는 뭐가 보입니까?"

"_____."

달의 왕녀가 저 하늘을 수놓는 성령을 뚫어지게 바라보더니.

"완전히 겁에 질려 있어."

찰랑…….

새빨간 늪의 수면에 파문이 생겨났다.

거품보다 더 큰 파문.

그것은 늪의 깊숙한 밑바닥에서 뭔가가 올라오는 상황을 예감케 했다.

"이스카 군!"

"뭐, 뭐예요?! 이 하늘은 어떻게 된 거죠?!"

미스미스 대장, 네네, 진.

그 세 사람의 호위를 받으면서 시스벨도 텐트 밖으로 나왔는데──.

"오지 마! **뭔가가 있어!**"

네 사람을 저지한 것은 이스카의 노호였다.

이에 호응하는 듯한 기세로 메이가 말없이 바닥을 박차고 뛰었다. 우리 눈앞을 쏜살같이 가로질러 갔는데, 도중에 모닥불에 있는 장작을 집어 들었다.

불이 붙은 장작을 힘차게 치켜들더니.

"이얍! 넌 대체 뭐 하는 놈이냐!"

늪의 수면을 향해──.

성령의 빛이 닿지 않는 어둠 속으로 집어 던졌다.

……치익.

불꽃과 함께 사라진 장작.

그러나 불꽃이 펑 터지는 한순간, 수면에 떠오른 괴물의 모습이 불빛을 받아 드러났다.

불길하게 빛을 발하는 「인간의 상반신을 지닌」 괴물.

『──────.』

선혈 같은 색깔의 상반신과, 뱀 같은 촉수 형태의 하반신.

둥그런 머리는 요철이 하나도 없었다. 그리고 눈에 해당하는 부분만 뻥 뚫린 것처럼 빛이 없어서, 어디를 보고 있는지 알 수 없었다.

가슴에서는 태양처럼 황금색으로 빛나는 어떤 문양이 번쩍거리고 있었다.

이 괴물을──.

일리티아는 이렇게 불렀었다.

"에이도스?!"

앨리스는 소리를 질렀다. 그리고 린과 동시에 펄쩍 뛰면서 후퇴했다.

이미 알고 있었다.

별의 재액이 만들어 낸 이 괴물이 얼마나 위험한 적인지.

"에이도스? 아, 소문으로 들은 그 녀석이구나."

육지로 다가오는 괴물을 내려다보면서 메이가 냉소를 지었다.

"생김새부터 완전히 맛이 간 괴물이군. 어, 그 뭐냐. 바다의 에이도스가 성령술을 반사하고, 대지의 에이도스가 총탄을 튕겨낸다고 했나? ……응, 그래서? 리샤야, 이놈은 어느 쪽이야?"

"둘 다 아닙니다."

"뭐?"

"아종이 더 있었나 봅니다. 저거 봐요, 저 가슴의 문양. 저런 태양 같은 문양을 가지고 있는 것을 보면, 바다도 대지도 아닌 거죠."

"일단 태양의 에이도스라고 보면 되나? 난 뭐든지 상관없지만."

"메이 씨, 너무 방심했다가는 당신의 생김새가 엉망이 되어버릴 겁니다."

"아니거든—?"

메이는 뾰족한 송곳니를 드러내며 웃었다.

과거에 키싱과 사투를 벌였을 때처럼 짐승 같은 안광이었다.

"리샤야, 넌 저쪽으로 가봐. 이놈은 내가 해치울게."

"네? 저쪽이라니요?"

"에이도스가 한 마리만 있다고 정해진 게 아니잖아?"

"!"

메이의 한마디를 듣고 그곳에 있는 모든 사람이 숨을 삼켰다.

"성령은 성역에서 뛰쳐나왔다. 저쪽에 한 마리, 이쪽에 한 마리. 성역 안과 밖에서 협공을 하려고 했던 거 아냐?"

"······메이 씨의 예감은 적중률이 높으니까요."

리샤가 쓴웃음을 지었다.

"그럼 우리는 일시적으로 이탈할게요. 가자, 미스미스."

"어, 나?!"

"만약에 한 마리가 더 있으면, 나 혼자서는 대처할 수 없잖아? 어서 가자, 별의 백성에게 무슨 일이 생기면 폐하가 화내실 거야."

전력 분할.

메이가 지휘하는 팀과, 리샤가 지휘하는 팀으로 나뉘었다.

"아, 이스카는 이쪽이야. 가끔은 같이 싸워보자고."

메이가 양손에 글러브를 장착했다.

그리고 그 감촉을 확인하는 것처럼 주먹을 쥐었다.

"내 부하는 아니니까. 네 마음대로 해."

"네, 그럴 생각입니다."

이스카도 고개를 끄덕이고 두 자루의 성검을 뽑아 들었다.

"저놈이 어떤 특성을 가지고 있을지 몰라요. 메이 씨, 처음에는 너무 가까이 가지 마세요."

"알았어."

태양의 문양을 지닌 에이도스가 마치 거대한 뱀같이 꼬리를 뒤틀면서 육지로 올라왔다.

그놈을 머리부터 꼬리까지 한 번 훑어보더니——.

"흐응."

메이는 아무에게도 들리지 않게 작은 소리로 중얼거렸다.

"겉만 그럴싸한 허수아비는 아닌 것 같네?"

━━━━━━━━

같은 시각——.

머나먼 북쪽.

햇빛이 볼텍스「그레고리오」를 비추고 있었다.

까만 페인트로 칠한 것처럼 새카만 암흑의 큰 구멍. 그것이 천상의 빛을 받아 서서히 그 전모를 드러내고 있었다.

"……그런데 구멍 측면에 이끼가 꼈을 뿐이지, 뭐 대단한 것은 없어 보이는데요. 당주님."

"하하. 그게 중요한 거야. 비소와즈."

큰 구멍 가장자리에 서 있는 당주 탈리스만이 의기양양하게 바로 밑을 들여다봤다.

혹시 이 구멍의 심연은 다른 세계로 이어져 있는 게 아닐까——

저절로 그런 착각이 들 정도로 깊은 구멍을 내려다보면서.

"이런 볼텍스에서는 거대한 생물이 종종 굴을 집으로 삼는 경우가 있거든. 좀처럼 조우하는 일은 없지만."

"용 같은 생물인가요?"

"그게 없다는 사실을 알아낸 것만 해도 충분해. 기우로 끝났지만, 총명한 일리티아 군이라면 이곳에 파수꾼을 배치했을 가능성도 있었는데."

손가락을 딱 튕겼다.

그것은 여기 있는 사람들 전원에게 출발을 알리는 신호였다.

"자, 지저 여행이 시작된다. 자극적이고 재미있는 여행을 해보자."

『——나도 같이 가도 될까요?』

오싹.

볼텍스 내부에서 튀어나온 목소리를 들은 순간, 뭐라 형용할 수 없는 오한이 지상의 모든 사람을 덮쳤다.

검은 기류.

큰 구멍 밑바닥에서 돌연 튀어나온 검은 기류가 히드라의 정예 부대의 눈앞에서 소용돌이치더니 점점 응축되었다.

"……이 목소리는?! 물러서!"

미젤히비가 혀를 찼다.

왕녀의 명에 따라 열 명 이상의 정예부대 병사들이 일제히 후퇴했다.

『어머나? 나를 상당히 무서워하는 것 같네.』

검은 기류가 변모했다. 그곳에 나타난 것은 여신같이 아름다운 여성이었다.

크게 물결지는 머리카락은 금빛 에메랄드그린.

이목구비가 단정한 그 외모는 아름다웠고, 칠흑의 웨딩드레스 위로 드러난 가슴골은 언뜻 봐도 시선이 빨려 들어갈 정도로 질량감이 넘쳤다.

"……일리티아."

"안녕? 미젤히비 왕녀. 오랜만이야."

일리티아 루 네뷸리스 9세.

마성의 미모를 지닌 왕녀는 반들반들한 입술로 가볍게 미소를 지었다.

"나도 별의 가장 깊은 곳으로 들어가고 싶어서, 이 길을 염두에 두고 있었거든. 그랬더니 세상에, 당신들의 목소리가 들리지 뭐야."

"이제는 숨기지도 않는구나."

"숨기다니? 무엇을?"

어리둥절한 것처럼 고개를 갸웃하는 일리티아.

기가 막힐 정도로 뻔뻔한 모습이었다.

방금 일리티아는 공간이동 능력으로 출현한 것이 아니었다. 지금 눈앞에 있는 요염한 육체는 눈속임에 불과하고, 아까 그 검은색 안개야말로 진짜 육체인 것이다.

"안녕하신가, 일리티아 군. 우리는 정말 마음이 잘 맞는군."

당주 탈리스만이 명랑하게 한 손을 들면서 인사했다.

마치 오랜 친구와 다시 만난 것 같았다.

"건강해 보여서 다행이야. 조아 일파 따윈 더 이상 자네의 적수가 되지도 못했던 걸까."

"어머, 아녜요. 탈리스만 경."

일리티아는 충격을 받은 것처럼 고개를 옆으로 흔들었다.

"그럴 리가요……. 친애하는 조아 여러분을 내 손으로 해치워야 했는걸요. 나는 너무 슬퍼서 정신이 나갈 것 같았습니다."

"그런가? 실례했군."

"……그래서 말이죠. 나는 지금도 가슴이 터질 듯이 괴롭답니다······ 아아······."

풍만한 가슴을 한 손으로 콱 움켜쥐고.

지극한 서글픔이 깃든 눈빛으로 히드라 일파를 둘러보더니──.

"친애하는 히드라까지 내 손으로 해치우게 되다니, 이 얼마나 괴로운 일인지."

이에 대해.

당주는 재미있다는 듯이 피식 웃기만 했다.

"이봐, 웃음소리가 새어 나오고 있어."

"어머, 실례했습니다."

금방 웃는 얼굴로 되돌아온 일리티아.

진지한 표정 따윈 장난에 불과하다. 이런 유쾌한 비웃음이야말로 마녀의 본성이다. 이에 대해 이의를 제기할 사람은 하나도 없을 것이다.

"마지막으로 딱 하나만 진심을 이야기할게요. 나는 탈리스만 경이 제국군과 싸워서 둘 다 공멸하기를 바랐어요. 나 대신."

"흐음? 그 이유는 뭐지?"

"왜냐하면 **탈리스만 경은 무서우니까.**"

"아니, 그게 무슨 말인가."

"아하하! 탈리스만 경도 참, 시치미를 잘 떼시네."

마녀가 웃었다.

몹시 흥분했는지 뺨을 붉히면서 신이 난 목소리로 말했다.

"그런 점이 서로 닮았다니까요."

세계의 북쪽 끝에 있는 땅에서——.

마녀와 태양의 무도(舞蹈)가 시작됐다.

Chapter.6

『뭐라 형언하기 어려운 악의들』

the War ends the world /
raises the world

1

마치 수천 발의 불꽃을 터뜨리는 것처럼.

성역에서 솟아오르는 성령의 빛이 칠흑의 밤하늘을 눈부시게 밝히고 있었다.

그 빛 아래에서——.

태양을 연상시키는 반점을 지닌 괴물이 육지로 다가오고 있었다.

첨벙, 첨벙. 파문을 일으키며 늪의 수면을 가로질러 오는 가운데——.

"작전 타임, 7초!"

메이의 고함 소리가 늪에 잔물결을 일으켰다.

"나랑 이스카가 저놈을 사냥한다. 나머지 전원이 별의 백성을 사수한다! 이상!"

"알았——."

"싫어요."

고개를 끄덕이는 리샤의 눈앞에서 검은 머리 왕녀가 불쑥 끼어

들었다.

"저도 이스카와 같이 있을래요."

"뭐? 야, 마녀 아가씨, 넌 뭔데?! 너는 제국에 항복했잖아. 그
럼——."

콱!

메이가 키싱한테 소리를 지르고 있는데, 그 앞에 있는 늪에서
새빨간 물보라가 솟구치더니——.

태양의 에이도스가 어느새 코앞에 와 있었다.

"윽!"

메이가 전투태세를 갖추기도 전에, 또 이스카가 소리를 지를
틈도 없이. 2m는 될 듯한 거대한 괴물이 메이의 수십 센티미터
앞까지 다가와 있었다.

순간이동?

그런 착각이 들 정도로 폭발적인 가속력이었다.

『——.』

양팔을 벌린 거인이 오른팔과 왼팔을 가위처럼 교차시켰다.

그것이 메이의 상반신과 하반신을 정확히 두 동강 내고, 메이
는 선혈을 뿜으며 쓰러진다———— 그런 모습을 모두가 상상했
을 것이다.

"메이 씨?!"

"빨리 가! 리샤야, 별의 백성이랑 안면이 있는 건 너잖아?"

메이가 착지했다.

가위 같은 에이도스의 양팔이 덮쳐온 순간, 메이도 초인적으로 반응해서 펄쩍 뛰어 피한 것이다.

그런 메이의 복부를 보니——.

마치 레이저로 태우면서 벤 것처럼 날카로운 단면으로 옷이 쫙 찢어졌고, 거기서 드러난 복근에는 세로로 길게 베인 붉은 상처가 남아 있었다.

살짝 스친 것이다. 피부 한 꺼풀만 베일 정도로.

그보다 몇 센티미터만 더 상처가 깊었다면, 아무리 메이여도 복근뿐만 아니라 내장까지 잘려 나갔을 것이다.

"야, 서둘러!"

"이스캇치, 메이 씨랑 열심히 해봐!"

리샤가 빙글 몸을 돌렸다.

방금 일어난 무시무시한 공방전을 본 리샤는 메이에게 전혀 이의를 제기하지 않았다.

——적을 앞에 두고 작전회의를 한다는 것은 어리석기 싹이 없는 짓이다.

방금 그 극한의 회피도 메이의 초인적인 집중력과 반사 신경 덕분에 가능했던 것이다. 쓸데없는 반론을 해서 메이의 집중을 방해하면 안 된다. 리샤는 그렇게 판단했다.

『……vequs.』

에이도스가 뭔가를 발했다.

그것이 미지의 언어인지, 한낱 짐승의 포효인지는 생각해 볼

여유도 없었다. 에이도스가 큰 뱀 같은 꼬리를 하늘 높이 치켜든 것이다.

마치 뱀이 대가리를 치켜드는 것과 비슷한 거동으로, 그것은 지상의 사냥감을 향해 꼬리를 휘둘렀다.

그 궤도의 목표물은———.

"나야?!"

메이가 아니었다.

맨 처음에 메이를 습격했고 메이만 보는 것 같았던 괴물. 그런데 그게 다 페인트였던 것처럼 이스카를 향해 거대한 꼬리를 휘두른 것이다.

피할 틈도 없었다.

성검으로 받아내려고 자세를 취했다. 그런데 그 머리 위에서 쏴아악 하고 곤충의 날갯소리 같은 기척이 갑자기 확 퍼져나갔다.

"가시."

키싱의 명령에 응해.

수백 개나 되는 검은색 가시가 에이도스의 꼬리에 줄줄이 박혔다. 물질 소거———가시가 박힌 꼬리는 너덜너덜한 구멍투성이로 변했다.

『!』

핏빛 괴물이 기성을 지르면서 꼬리를 회수했다.

그 모습을 본 키싱은 여전히 긴장한 표정으로 뒤쪽을 가리켰다. 별의 백성의 마을이 있는 방향이었다.

"제 가시가 도움이 되는 것 같습니다. 다른 분들은 저쪽으로 가 주세요."

"정말이야?"

키싱을 똑바로 보는 앨리스.

"……키싱. 정말 믿어도 돼?"

"무엇을 의심하는 건지는 몰라도, 저는 이스카에게 도움이 되어야만 합니다. 그렇게 약속했으니까요."

"_____."

앨리스가 말없이 몸을 돌렸다.

별의 백성의 마을로 뛰어가는 리샤를 뒤쫓아서. 린과 시스벨이 그 뒤를 따랐다.

"이스카 군, 조심해!"

마찬가지로 멀어져 가는 미스미스 대장, 네네, 진.

그러나 그 뒷모습을 지켜볼 여유는 없었다.

"메이 씨, 지혈."

"응? 어, 진짜네. 나는 피했다고 생각했는데."

시선은 에이도스에게 집중시킨 채 자기 배를 만지는 메이.

——눈치채지 못할 정도로 예리한 절단이었다.

아픔은 없었다. 스스로 상처를 만져봐야지만 비로소 눈치챌 정도로 에이도스의 두 팔은 면도날같이 날카로웠던 것이리라.

"아니, 그런데 마녀 아가씨는 여기 남은 거야? 내 공격의 유탄을 맞아도 난 모른다?"

205

"방해되네요."

"뭐? 야, 방금 뭐라고——."

"가시가 통한다면, 그걸로 끝입니다."

왕녀가 두 팔을 벌렸다.

가시의 순혈종 키싱——그 압도적인 섬멸 능력의 상징인 가시가 수천, 수만 개나 생성되면서 밤하늘을 뒤덮었다.

"사라져."

도망칠 곳은 없었다.

태양의 에이도스의 전후좌우와 머리 위. 그 모든 방향에서 탄막처럼 가시의 비가 쏟아졌다.

『——————————우우옷!』

괴물의 비명.

가시가 박힌 부위가 소거되어 구멍투성이가 되어갔다. 지우개로 지우는 것처럼, 괴물이 머리를 지키면서 양팔을 휘두르는데 그 팔이 가시에 공격당해 사라지는 것이었다.

꼬리가.

양팔이.

몸통이.

키싱이 가시를 전부 다 사용했을 때, 핏빛 거인은 쓰러져 바닥을 구르고 있었다.

남아 있는 것은 가슴 윗부분밖에 없었다. 하반신도, 양팔도 완전히 소멸됐다. 전투는 물론이고 더 이상 일어나는 것조차 불가능했다.

──승부가 나버렸다.

너무나 빠르게, 간단히.

새삼스레 키싱의 힘이 얼마나 강한지 확인한 기분이었다.

성검 같은 특별한 대항 수단이 없는 한, 제국군의 일개 중대조차도 키싱의 가시 앞에서는 무력해질 것이다.

"이스카, 제가 도움이 되었나요?"

"안 됐거든? 바보야. 내가 활약할 기회는 어디 갔어?"

뚱하게.

메이가 어이없어하는 표정으로 체념한 것처럼 먼 산을 바라보며 한숨을 쉬었다.

"이봐, 아가씨. 에이도스 중에는 성령술을 반사하는 놈도 있었잖아? 만약에 저놈이 아가씨의 가시를 튕겨냈으면 어쩌려고 그랬어?"

"그래서 우선 꼬리를 공격해 확인한 겁니다."

키싱이 손가락을 딱 튕겼다.

키싱 주위에 남아 있던 가시는 상쇄용 무기. 만약에 이 에이도스가 성령술 반사란 특성을 가지고 있었다면, 반사된 가시를 이 가시로 받아내서 소멸시킬 작정이었던 것이다.

"통하기만 하면 온 힘을 다해 집중포화. 숙부님한테 그렇게 배웠──."

"잠깐만, 키싱!"

207

이스카가 그 말을 가로막으며 외쳤다.

"가시를 거두지 마!"

"네?"

『Ies...... orb...... mihhya...... lement.』

상반신만 남은 거인——.

그놈의 가슴에 있는 태양의 반점이 빛나더니, 하반신이 재생되기 시작한 것이다.

그루터기에서 새싹이 돋아나는 것처럼. 양어깨에서 팔이 생겨나고, 상반신에서 하반신과 꼬리가 점점 재생됐다.

"어………… 어? ……."

겨우 몇 초.

무슨 일이 일어났는지 이해하지 못하고 있는 키싱의 눈앞에서, 태양의 에이도스가 완전한 모습을 되찾았다.

"키싱, 가시를 써!"

"윽!"

키싱이 양손을 앞으로 내밀었다.

직전까지 있었던 여유는 더 이상 없었다. 정신없이 날카로운 쇳소리를 내면서 가시에게 명령했다.

"전개!"

괴물이 위에서 휘두른 주먹.

그것은 키싱이 아슬아슬하게 전개한 가시에 의해 반격당해 소멸——될 줄 알았는데, 그 순간. **소멸된 팔이 즉석에서 재생됐다.**

"……앗?!"

키싱을 지키는 가시는 단 하나도 남아 있지 않았다.

그 무방비한 소녀의 정수리를 향해, 태양의 에이도스가 갓 재생된 주먹을 또다시 치켜들었다 내리쳤다.

막을 수단은 없었다.

"키싱, 엎드려!"

이스카는 그렇게 외치면서 전력을 다해 바닥을 박찼다.

그대로 키싱을 향해 내리쳐진 주먹 앞에 끼어드는 형태로, 흑의 성검을 대각선 아래에서 위로 확 휘둘렀다.

제발 늦지 마라.

인간 소녀 따윈 가차 없이 박살 낼 것 같은 괴물의 주먹이——빙글 회전하더니.

그 주먹이 이쪽을 향했다.

——오싹.

주먹만 그런 게 아니었다.

거인의 머리통이 빙글 회전해서 이쪽을 돌아본 것이다.

……키싱이 아니었다.

……처음부터 목표물은 나였구나!

온 힘을 다해 몸을 뒤틀어 급선회했다. 그때 괴물의 주먹이, 이스카의 머리가 있었던 허공을 뚫고 지나갔다. 조금이라도 반응

속도가 느렸으면 머리가 날아갔을 것이다.

이와 엇갈리는 형태로 이스카는 괴물의 품속에 파고들었다.

"하앗!"

성검을 위로 치켜들었다.

물론 공격 대상은 **태양의 반점**. 이 괴물이 재생되는 순간에 반점이 번쩍이는 것을 분명히 봤다.

……이것이 핵이라면.

……이 반점을 파괴하면, 이놈도 재생을 못 하게 되지 않을까?!

성검으로 찌른다.

정확히 이스카가 노린 대로 그 칼끝은 에이도스를 푹 찔렀다.

단, 반점이 아니라, 에이도스가 반점을 지키려는 것처럼 쑥 내민 왼팔을 찔렀다.

"크윽?!"

성검이 빠지지 않았다.

에이도스의 왼팔이 촉수같이 뻗어 나오더니, 성검에 꿰뚫린 채로 그 칼날을 휘감은 것이다.

——**내놔라!** 하고.

엄청난 힘으로 검을 빼앗으려고 했다.

"……**그런 거였나!**"

이해했다.

이 괴물이 우리를 습격한 동기는 성검이었다. 그리고 성검의 소재인 검은색 성령 결정이 아직 별의 백성의 마을에 남아 있다.

그래서 그 마을도 공격을 당한 것이다. 틀림없이.

"뭐야, 잘됐네? 이스카야, 그냥 그대로 붙잡고 있어."

그때 뒤에서 들려온 목소리——.

"루인드 킹 허리케인(폭풍황폐의 왕)."

메이가 등에 짊어지고 있던 투명한 광학 위장 병기가 기동되면서 모습을 드러냈다.

어둡게 빛나는 거대한 대포로 변한 것이다.

——전자 제어형 36연발 기관포 「루인드 킹 허리케인」.

1초에 1,000발의 탄환을 발사하는 함재 병기였다. 성령술사에 대한 비장의 카드로서 제국군이 개발한 이 기관포는, 모든 성령술의 장벽을 뚫는 최강의 창이었다.

"태양의 반점이 급소지? 안 그래?"

히죽. 뾰족한 송곳니를 드러내는 여자 사도성.

고양이같이 애교 있으면서도 사자같이 살기등등한 모습이었다.

"그럼 잘 가."

쏟아지는 폭풍우라는 별명답게.

광풍을 연상시키는 탄막이 새빨간 에이도스를 향해 쏟아졌다 성검을 붙잡은 채 놓지 않는 그 무방비한 뒷모습을 향해, 수천 발이나 되는 탄환이 세차게 날아들었다.

그것은 태양의 반점뿐만 아니라——.

그놈의 상반신을 겨우 5초 안에 흔적도 없이 날려버렸다.

비명을 지르는 것조차 허락하지 않고.

"끝. 잘 봤지? 아가씨. 저렇게 잘 보이는 급소를 내버려 두다니, 너도 참 안일하구나."

"————."

"무시하는 거냐?!"

"저와 같이 싸우는 상대는 이스카밖에 없습니다. 제 가시로 적의 특성을 밝혀냈으니, 그 정도면 충분히 목적은 달성한 거죠."

메이와 눈을 마주칠 생각은 없는 듯했다.

흥 하고 고개를 반대쪽으로 돌린 키싱은 치맛자락을 툭툭 치면서 흙먼지를 떨어냈다.

"당신의 총이 일으킨 먼지 때문에 더러워졌어요. 이 옷은 숙부님이 주신 소중한 물건인데."

"아— 진짜, 시끄럽네."

키싱의 말을 듣고 메이는 머리를 마구 긁적였다.

"이스카야, 이제 우리도 저쪽에 가서 합류할까? 이 상황을 보면 별의 백성의 마을에도 한두 마리쯤은 있는 거 아냐?"

"아, 찬성입니다. 저도 그렇게 생각——."

오싹.

그 순간, 이스카, 메이, 키싱의 등골에 동시에 소름이 끼쳤다.

『Ies...... orb...... mihhya...... lement.』

해독이 불가능한 저주.

그것은 상반신이 날아가 버린 괴물에게서 흘러나온 것이었다.
하반신이 날갯짓하는 것처럼 부들부들 떨리더니, 그 진동이 기괴
한 저주를 자아내기 시작한 것이다.

"……야."

메이가 이쪽을 돌아봤다.

그 입가에는 그동안 본 적도 없는 허탈한 헛웃음이 떠올라 있
었다.

"이거 농담이지? 태양의 반점은 싹 날려버렸는데?"

메이가 마른침을 꿀꺽 삼키고 지켜보는 가운데——.

바들바들 떨리는 하반신의 절단면에서부터 순식간에 상반신이
재생되기 시작했다.

태양의 반점이 재생되고, 머리가 재생됐다.

완전히 재생되기까지 걸린 시간은 약 7초. 너무 빨랐다.

……메이 씨도, 나도 헛다리를 짚었다.

……이놈의 태양의 반점은 약점이 아니었던 건가?!

설마.

태양의 에이도스는 무한히 재생하는 건가?

"가슴에 있는 태양의 반점은, **굳이 따지자면** 급소의 부류에 속
한다고 봅니다."

키싱이 뒷걸음질을 쳤다.

그리고 양팔을 벌려 새로운 가시를 펼치면서 말했다.

"저 반점이 있을 때의 재생은 5초. 반점을 잃었을 때의 재생은

약 7초. 재생 속도가 차이가 난 것은 사실입니다."

"그 발견이 도움이 돼……? 아—, 정말, 이거 귀찮게 됐네."

메이가 혀를 찼다.

짜증. 그리고 약간의 초조함을 드러내면서 중얼거렸다.

"이거 어떻게 할 거야? 설마 불사신이나 불멸은 아니겠지?"

═══════════

"태양이란 것은 부활의 상징이라고 생각하지 않아요?"

지평선에서 떠오르는 태양.

그 빛을 등으로 받으면서 요염한 마녀가 황홀한 음성으로 그렇게 말했다. 태양을 가문의 문장으로 삼은 히드라 가문의 사람들에게.

"밤이 되면 빛이 사라지지만 다음 날 아침에는 반드시 떠오르잖아요. 이 세상에서 가장 아름다운 부활——."

"흠. 그래서 하고 싶은 말은?"

"어머, 죄송해요. 탈리스만 경. 히드라 가문의 여러분을 비웃으려는 것은 아니었어요."

일리티아는 킥킥 웃었다.

매끄러운 입술을 끌어 올리고, 풍만한 가슴이 출렁거릴 정도로 어깨를 흔들면서.

"여기서 하는 이야기가 아니라, **여기가 아닌 곳에서 하고 싶은 이야기**였어요. ……아, 하지만 완전히 상관없는 이야기는 아닐지도 모르겠네요. 특히 탈리스만 경. 성령을 밝혀내고 성령술을 완전히 정복하려고 하는 당신을, 내가 얼마나 진심으로 존경했는지 아세요?"

"그것참 기쁜 일이로군."

하얀 양복을 차려입은 위장부는 더없이 신사적인 미소를 지으며 대꾸했다.

"자네의 지혜에는 전혀 못 미친다고 생각했는데."

"후후. 내가 익힌 교양 따위…… 황청에서는, 이렇게 약한 성령만 가진 왕녀에게서 가치를 발견해 주는 사람은 없었습니다."

"말에서 여유가 느껴지는데."

탈리스만이 어깨를 으쓱했다.

"가슴속에 숨기고 있던 열등감을 소리 내어 말할 정도로, 지금의 자네에게는 멋진 힘이 깃들어 있다. 그것이 저절로 느껴져."

"아닙니다."

마녀가 웃었다.

흥분해서 뺨이 붉어지는 것을 숨기려고 하지도 않고.

"내가 강해지는 것은 지금부터예요. 『*La Selah Milah Uls* (라 세라 미라 우르스)』──별의 재액과 접촉하면, 나는 훨씬 더 많은 힘을 나눠 받게 될 겁니다."

"세계를 마음대로 개변할 수 있는 힘인가?"

"네."

일리티아가 생긋 웃으며 고개를 끄덕였다.

그리고 떠오르는 태양을 등진 채, 양팔을 한껏 벌리면서.

"제국도 황청도 다 멸망시키고, 약한 성령술사를 위한 진정한 낙원을 건설하고 싶어요."

"자네다운 발상이야. 하지만."

탈리스만이 고개를 갸웃거렸다.

"그건 말이지, 내 생각에는──."

『꿈나라에서나 해봐, 공주님!』

요염한 웃음소리가 울려 퍼졌다.

탈리스만과의 대화를 즐기고 있던 일리티아의 등 뒤에서 나는 소리였다.

"웃──."

『네 이야기는 이제 지겨워!』

비소와즈의 손이 마녀의 이마를 콱 붙잡았다.

마녀 비소와즈──딱딱한 금속성 머리카락과 해파리처럼 속이 비치는 반투명한 피부로 변모한 소녀가, 저 높은 하늘에서 마녀 일리티아를 향해 날아 내려 온 것이다.

『불타 버려라!』

보라색 불꽃이 요란하게 발사됐다.

비소와즈가 붙잡은 마녀의 얼굴에 불이 붙더니, 그것이 즉시 온몸을 삼키면서 커다란 불꽃으로 변했다.

──성염.

불꽃의 성령술처럼 보이지만 그 정체는 고밀도 에너지의 덩어리였다. 냉기로도 끌 수 없는 영원히 타오르는 불……일 텐데.

"어머, 아파라."

불꽃이 튕겨 날아갔다.

비소와즈가 끈 것이 아니었다. 화염에 휩싸인 마녀가 "저리 가" 하고 손을 저었는데, 그 거동만으로도 성염이 휙 날아간 것이다.

『아, 귀찮아 죽겠네!』

성염이 튕겨 날아가자 비소와즈는 크게 혀를 찼다.

『이래서 이 괴물이랑 싸우긴 싫었다니까…….』

"어머나, 그런 식으로 말하면 상처받잖아."

마녀의 미소는 조금도 달라지지 않았다.

성염에 의해 불탔던 얼굴과 온몸에는 화상 자국 하나 남아 있지 않았다.

그렇다.

이 광경은 그들의 실력 차이를 보여주는 것. 둘 다 켈비나의 실험에 의해 마녀로 변한 몸이었지만──.

그 둘은 그야말로 정반대의 실패작이었다.

마녀 비소와즈는 재액의 힘에 적응하지 못한 실패작.

마녀 일리티아는 재액의 힘에 **지나치게 잘 적응한** 실패작.

고로 비소와즈는 알고 있었다.

너무 잘 완성된 이 실패작이 얼마나 위험한 존재인지.

『너 진짜 짜증 난다, 응?!』

비소와즈가 양팔을 들어 올렸다.

그 양손에서 보라색 불꽃이 피어나더니 다시 한번 일리티아를 향해 휘몰아쳤다.

진정으로 온 힘을 다한 불꽃이었다.

그러나──.

"우리는 닮은 꼴이잖아?"

그 불꽃을 뒤집어쓰면서도 마녀는 태연하게 서 있었다.

오히려 기분 좋게 샤워라도 하는 것처럼 보라색 불티를 받아내고 있었다.

"나와 당신은 힘의 근원이 같으니까, 당신이 나에게 타격을 주는 것은 불가능하다고 생각하는데?"

『흥! 그 정도는 알아, 이 바보야!』

비소와즈는 사납게 웃었다.

『그렇다니까요. 당주님.』

성염이 갈라졌다.

마치 바다가 갈라지는 것처럼, 화려하게 타오르는 불꽃이 정확히 둘로 갈라지더니. 거기서 하얀 양복을 입은 위장부가 일리티아를 향해 뛰쳐나왔다.

불꽃은 눈속임.

진짜 공격은——.

"탈리스만 경?!"

"힘에 취해 자만했구나, 일리티아 군."

제1왕녀 시절의 일리티아였다면 이 정도의 술수는 순식간에 간파했을 것이다.

압도적인 강자가 되었다는 자각.

그런 여유가 일리티아의 예리한 감각을 둔해지게 했다.

——포학의 탈리스만.

파동의 성령에서 비롯되는 불가시(不可視)의 역학 에너지.

이 탈리스만이란 남자는 오랜 세월 동안 수련한 끝에, 파동을 물리적 가속도로 전환하는 기술을 완성했다.

그 압도적인 속도의 돌진은——.

마녀의 눈에는 「탈리스만이 사라졌다」는 식으로 인식될 수밖에 없었다.

"어?!"

"여기야."

뒤쪽으로 이동.

대지에 발자국이 남을 정도로 강하게 돌진해 상대의 등 뒤로 이동한 탈리스만. 거기서 그는 파동을 모은 주먹을 마녀의 옆구리에 꽂아 넣었다.

아니. 옆구리에 **쑥 들어갔다.**

……질퍽.

복근을 뚫고 내장을 분쇄하는 주먹. 그것이 실제로 닿은 것은, 액체 형태의 차가운 무언가였다. 비유하자면 대량의 석유를 주먹으로 때린 듯한 감촉밖에 없었다.

"이건……!"

"아하하. 탈리스만 경이 내 배를 만지셨네요."

복부에 주먹이 꽂힌 상태로 일리티아는 고개를 돌렸다.

그리고 오른손을 탈리스만 쪽으로 내밀어——.

"그러면 답례로. 나도 탈리스만 경을 만져볼까요…… 응? 어라?"

내민 손이 허공을 갈랐다.

마녀의 육체는 이미 인간의 육체가 아니다. 물리 공격이 통하지 않는다는 사실을 눈치채자, 이 당주는 신속하게 후퇴를 선택한 것이다.

"흠…… 대체로 상정 범위 내야."

자기 주먹을 바라보는 탈리스만.

손목까지 일리티아의 복부에 푹 집어넣었던 그 주먹에는 당연히 피는 한 방울도 묻어 있지 않았다.

"마녀가 된 자 중 상당수는 육체 구조가 변한다. 그 변화에 따라서는, 나 같은 타격 위주의 공격이 통하지 않을 가능성은 충분히 있었어."

상성이 최악인 것이다.

탈리스만은 성령 에너지 대부분을 물리 에너지로 소비한다.

그리고 비소와즈의 힘은 마녀와 동일한 계통.

이 두 사람의 능력으로는 마녀를 해치울 수 없다. 그렇기 때문에——.

"네 차례다. 미젤히비."

"이 세상에서 가장 고상한 힘을 보여줄게."

아름다운 소녀가 감청색 머리카락을 휘날리면서 두 팔을 벌렸다.

그 이마에 있는 성문이 눈부시게 빛나더니——.

"광휘."

화르르 하고 뭔가가 타올랐다.

미젤히비의 빛. 그것이 좌우에 늘어서 있는 정예부대를 후광처럼 비추었다.

"……이것이 광휘?!"

마녀의 어깨가 살짝 흔들렸다.

경계한 것이다.

탈리스만이나 비소와즈 앞에서는 늘 여유로웠던 마녀. 그러나 미젤히비 왕녀가 성령술을 발동시킨 순간 마녀는 눈을 크게 떴다.

위험하다고 느낀 것이다.

"공격해라. 나의 군대여!"

대지가 갈라질 정도로 강한 번개가——.

대기가 얼어붙을 정도로 강한 냉기가——.

하늘을 태울 정도로 강한 불꽃이——.

각각 한계까지 증폭된 「번개」「얼음」「불꽃」의 성령술이 마녀 일리티아의 시계를 극채색으로 물들이더니, 방어를 무시하고 마녀를 확 날려버렸다.

"————으읏!"

마녀의 절규.

결코 꾸며낸 것이 아니었다. 아픔과 공포 때문에 튀어나온 진심 어린 비명이었다.

그리고 파열.

세 발이나 되는 극대 성령술이 마녀를 산산조각 내버렸다.

"방심하면 안 돼, 미지. 저래도 아직 소멸했다고 단정할 수는 없어."

폭염(爆炎) 속에 서 있는 탈리스만.

"하지만 잘 해냈다. 상정했던 것 이상으로 상정했던 결과가 나왔어. 역시 너의 『광휘』가 일리티아 군에게는 맹독이 되는구나."

"숙부님이 시간을 벌어주신 덕분이에요. 제 힘은 실제로 주입할 때까지 시간이 걸리니까요."

그리고 미젤히비 왕녀는 좌우에 있는 병사들의 등을 가볍게 두드렸다.

"그 여자가 나타나면 주저 말고 공격하도록 해. 걱정 마. 지금의 당신들은 왕족과도 같은 힘을 얻었으니까."

"네!"

미젤히비를 중심으로 정예병 다섯 명이 길게 정렬했다.

그들은 이미 「병사」가 아니었다. 미젤히비의 빛을 받은 덕분에 그들 한 명 한 명이 시조의 말예와 동등한 힘을 가진 『새벽의 군대』가 되었다.

──통칭 「걸어 다니는 볼텍스」.

미젤히비는 **성령 에너지를 증폭시키는 성령술사**다.

그리고 마녀에게 성령 에너지는 극약이나 마찬가지.

성검이 그렇듯이, 극한까지 끌어올린 성령 에너지와 그 성령술 이라면 재액과 마녀에게도 통하는 위력을 가지게 된다.

"그래…… 정말…… 위협적인 적이라고, 확신했어."

마녀의 목소리가 울려 퍼졌다.

진보라색 기류가 부드럽게 소용돌이치더니 아름다운 여자의 모습을 만들었다.

"미젤히비 왕녀. 당신은 나한테는 이 세상에 둘밖에 없는 천적이야. 성검을 가진 이스카, 그리고 성령 에너지를 증폭시키는 당신."

"대화할 마음은 없어."

역시 살아 있었구나.

재생된 마녀를 향해 미젤히비는 손가락질을 했다.

"공격해!"

불꽃이, 번개가, 얼음이, 충격이, 흙이. 순혈종 다섯 명에 필적하는 『새벽의 군대』 다섯 명에 의해 극대 성령술이 발사됐고——.

"어머, 무서워라."

팡! 하고.

건조한 소리를 내면서 모조리 튕겨 날아가 버렸다. 다섯 개의 성령술이 전부 다.

마녀가 손으로 쳐낸 것이다.

그 현실 앞에서 미젤히비는 자기 눈을 의심했다.

"......................어? ...."

"유감이야, 미젤히비 왕녀. 당신의 강화 대상이 그런 졸병들이 아니었더라면. **예를 들어 순혈종을 강화했더라면**, 나는 좀 더 당황했을 텐데."

성령술 다섯 개를 손으로 탁 쳐낸 뒤——.

마녀는 그 손으로 손가락질을 했다.

"당신 이외의 순혈종은 탈리스만 경 하나밖에 없지. 그게 정말로 유감이야. 탈리스만 경은 나와의 상성이 나쁘니까 강화해도 의미가 없잖아."

"......이럴 수가?!"

미젤히비의 목구멍에서 쉰 소리가 흘러나왔다.

"천적? 웃기지도 않아……. 그렇게 여유가 넘치면서……!"

"아니, 사실인데? 지금의 나는 성령 에너지를 정말 싫어하거든. 불과 물 같은 관계야. 다만 유감스럽게도 힘의 크기가 문제였던 거지."

일리티아가 두 팔을 벌렸다.

그리고 하늘을 우러러보는 듯한 태도로──.

"나의 불이 산불 같은 크기라면, 당신 옆에 있는 병사들의 성령 에너지는 기껏해야 한 스푼의 물 같은 거지. 그것으로는 나의 불을 끌 수 없어."

"……뭐라고?!"

"하지만 당신이 순혈종을 강화한다면 그 물의 양은 양동이 하나, 아니, 그보다 더 커질지도 몰라. 그러니까──."

육체 변모.

여신 같은 미모의 왕녀가 변모했다. 맑고 하얀 피부와 아름다운 머리카락이 금방 투명한 그림자 빛깔로 물들어 갔다.

『나는 절대로 봐주지 않을 거야.』

인간 형태의 그림자 괴물.

그 변모를 목격한 히드라의 사람들은 하나같이 경악하여 눈을 부릅떴다.

"……이 괴물!"

완전히 변해버린 그 모습 앞에서 히드라 가문 일동은 일제히 비명이 질렀다.

이것이 일리티아의 진짜 모습.

여신 같은 미모는 더 이상 흔적도 찾아볼 수 없었다. 이건 그냥 괴물이 아닌가.

비소와즈는 뒷걸음질을 쳤고, 미젤히비는 말문이 막혔고, 당주 탈리스만조차 낭패한 듯한 모습이었다.

"조아를 괴멸시킨 형태인가. 이봐, 다들 경계————."

『별의 레퀴엠(진혼가)을 들려줄게.』

정적이 찾아왔다.

세계를 변모시키는 재액의 주문.

그 노래는 인간의 가청 한계를 뛰어넘는 영적 파장이었다. 아무리 귀를 막거나 강철 벽으로 에워싸더라도 모든 방어를 무시하고 상대를 덮치는 것이다.

이 세상의 어떤 물질로도 막을 수 없는「마음을 파괴하는」노래.

그러므로——.

『마음을 지키는 방패는 없답니다.』

진짜 마녀가 쿡쿡 웃으며 내려다보는 곳에는, 더 이상 똑바로 서 있는 사람은 없었다.

전멸했다.

조아의 정예부대가 그랬던 것처럼. 히드라의 군대도 아무런 저항도 못 하고 쓰러졌다.

그리고 결코 눈을 뜨지 못한다.

『자, 갈까. 요하임이 기다리다 지쳤을지도 몰라.』

마녀가 빙글 뒤돌아섰다.

별의 중추로 이어지는 볼텍스를 향해 한 걸음, 또 한 걸음 나아
가는데──.

……드득…….

그 뒤쪽에서.
바닥에 쓰러진 탈리스만의 손가락이 지면을 긁는 것처럼 경련
을 일으켰다.

2

카탈리스크 오염 지역.
새빨간 늪이 펼쳐져 있는 습지대에서 폭풍 같은 총성이 울려 퍼
졌다.
"……쳇. 점점 더 귀찮아지네!"
함재 병기인 거대한 기관총을 짊어진 메이.
그 발치에 아무렇게나 떨어진 탄피는 전부 다 비어 있었다. 그
런 탄피가 수천 개나 바닥을 구르는 가운데, 눈앞에는 온몸이 구
멍투성이인 거인이 있었다.
온몸에 총알 세례를 받은 태양의 에이도스가.
『……■■.』

거인이 몸을 일으켰다.

그와 동시에. 구멍투성이가 되었던 꼬리가 재생됐고, 떨어지기 직전이었던 두 팔이 아무 일도 없었던 것처럼 도로 붙어 치유되기 시작했다.

"이놈은 도대체 얼마나 벌집으로 만들어놔야 죽는 거야?!"

쾅!

태양의 에이도스가 점프했다. 뱀같이 똬리를 틀고 있는 꼬리를 스프링 삼아서 로켓포처럼 힘차게 이쪽으로 날아왔다.

"윽! 오지 마!"

키싱이 방어 자세를 취했다. 수백 개나 되는 가시가 에이도스에게 꽂혔다.

그러나 핏빛 거인은 멈추지 않았다. 가시가 박혀 육체가 사라지고 있는데도, **사라짐과 동시에 재생되면서** 돌진했다.

"——이럴 수가?!"

"물러나!"

이스카는 키싱에게 소리를 지르면서 반대로 그쪽으로 뛰어들었다.

『*hyles mihas.*【태양의 파열】』

에이도스의 오른팔이 불꽃에 휩싸였다.

부풀어 오른 불꽃이 파열되고, 거기서 진홍색으로 빛나는 메이스(철퇴)가 생겨났다.

"크윽?!"

순간적으로 급정지해 바로 옆으로 뛰었다.

이스카의 머리카락이 살짝 스치면서 날아가 버릴 정도의 기세로, 진홍의 메이스가 그의 눈앞을 아슬아슬하게 통과했다. 이스카가 돌진을 멈추지 않았다면 흔적도 없이 박살 났을 것이다.

……접근할 수 없다.

……역시 그렇구나. **이놈은 오로지 내 성검만 보고 있어!**

메이의 총탄이나 키싱의 가시에는 관심이 없었다.

"이건 제 추측인데요. 당신의 성검에 베인 부분은 재생되지 못하는 것 같아요."

키싱이 후퇴했다.

그 머리 위에서는 새로운 가시가 잇따라 보충되고 있었다.

"다시 한번 제가 소거를 시도하겠습니다. 재생될지도 모르지만, 저놈도 일시적으로 행동 불능은 될 겁니다. 그때 성검으로——."

"그건 무리야."

탄피와 지면을 한꺼번에 밟는 발소리.

루인드 킹 허리케인을 등에 짊어진 메이가 에이도스의 거체를 턱짓으로 가리키며 말했다.

"아가씨, 눈치 못 챘어?"

"네?"

"**타격을 주기 어렵게 되었어**. 내 총알도, 아가씨의 가시도."

"……아!"

키싱이 빛나는 눈을 크게 뜨면서 소리를 질렀다.

메이의 지적을 받고 짚이는 게 있었나 보다. 태양의 에이도스를 쳐다보면서 달의 왕녀는 화가 난 것처럼 입술을 깨물었다.

"……내성."

"재생될 때마다 점점 단단해지고 있어. 그래서 저놈이 귀찮다는 거야."

메이가 뒷머리를 거칠게 긁적거렸다.

"한 조각이라도 남아 있으면 재생되는 건가…… 아아, 실수했어. 처음부터 **폭풍우**를 사용했으면 완전 소멸로 끝났을 텐데. 그때 괜히 힘을 아끼는 바람에 이제는 탄환도 다 떨어졌어. 그런데 이스카야. 이놈이 너를 노리는 것 같은데, 아니야?"

"아무래도 그런 것 같아요."

"이유는? 그 검?"

"그렇다고 생각합니다."

"난감하네. 그럼 역시 이스카가——…… 쳇!"

말을 하다 말고 메이가 몸을 굳혔다.

태양의 에이도스가 진홍의 메이스를 그 자리에서 치켜든 것이다.

너무 멀었다.

아무리 메이스가 거대해도, 그 자리에서 휘둘러봤자 허공만 가르게 될 거리였다. 이스카 일행 세 사람은 사정거리 밖에 있었다.

그렇기 때문에 메이는 경계했다.

에이도스가 메이스를 치켜든 목적은 적을 때리는 것이 아니라,

전혀 다른──.

『우우우우!』

핏빛 거인이 메이스로 지면을 쾅 때렸다.

──창성(創星)『불꽃에서 비롯된 원초의 풍경』

진홍의 메이스가 산산조각이 났다. 그리고 거기서 숨 막히도록 뜨겁게 작열하는 열파와 수천, 수만 개의 불티가 터져 나왔다.

사방에 불을 뿌리려는 건가?

이스카와 메이가 이에 대비하여 쳐다보는 가운데, 그 불티들은 분수처럼 허공으로 솟구치더니 지상에 정사각형 벽을 만들어 냈다.

자기들을 에워싸는 형태로.

……불의 결계?!

……우리를 놓치지 않으려고? 아니, 성검을 확실하게 빼앗기 위해서인가?

"앗, 뜨거워! 이거 온도가 몇천 도야?!"

불의 벽으로 다가간 메이가 허둥지둥 손을 도로 거둬들였다.

닿는 것을 모조리 숯덩이로 만드는 초고온 불의 벽. 그것이 자기들의 머리 위와 사방을 완전히 뒤덮고 있었다.

"천장이 내려오고 있어요."

"뭐?!"

키싱의 한마디에 이스카는 반사적으로 머리 위를 쳐다봤다.

하늘을 뒤덮은 불의 천장.

불티가 여기저기서 튀어나오고 있어서 확실하게 보이진 않았지만, 키싱의 말대로 불의 벽의 압박감이 점차 강해지고 있었다.

"사방의 벽도 마찬가지야. 공간이 서서히 좁아지고 있어."

전후좌우의 불의 벽을 피하듯이 메이가 더 크게 후퇴했다.

초속 1cm 정도로 느리긴 했지만, 그 불은 분명히 다가오고 있었다. 그리고 점점 좁아질수록 결계 안의 기온도 올라갔다.

……포위망? 그런 어중간한 것이 아니었다.

……이 결계 자체가 우리를 섬멸하는 극악한 살상력을 가지고 있다!

불꽃이 우리에게 도달할 때까지가 제한 시간.

──시간이 없다.

결계에 갇힌 세 사람은 동시에 모두 다 그것을 눈치채고 움직이기 시작했다.

"성령 확장."

키싱이 에이도스를 손가락으로 가리켰다.

허공을 선회하는 수천 개의 가시가 수만이나 되는 가시로 세분화됐고──.

"별이 되어라."

모든 가시가 유성군처럼 세차게 쏟아져 내렸다.

에이도스의 겉껍데기가 점점 깎여 나갔다. 하지만 핏빛 거인은 몸뚱이가 깎여 나가고 있는데도 바위같이 꿈쩍도 하지 않았다.

……슥.

부동의 거인이 시선만 옆으로 움직였다.

그쪽으로 이동한 자신을 따라.

"윽?!"

급정지.

이제 막 그놈의 품속에 파고들려고 했는데. 그 직전에 기선 제압을 당했다. 이 괴물은 가시도 총알도 보지 않았다. 역시 성검만 주시하고 있었다.

……저놈은 오직 나만 피해서 도망치면 되는 것이다.

……불의 결계가 완전히 닫힐 때까지 남은 시간은 2분? 아니, 1분?

상성이 굉장히 나쁜 것도 불운이었다.

여기에 앨리스가 있었다면, 앨리스의 냉기라면 불의 결계에 대항할 수 있었을 것이다. 또는 여기에 린이 있었다면, 흙의 성령술로 땅을 파서 결계 밖으로 탈출할 수 있었을지도 모른다.

지금 이곳에 있는 세 사람은———.

이스카의 성검은 철저히 경계당하고 있었다.

메이와 키싱의 공격은 각각 재생한다. 더구나 메이는 총알의 수가 제한되어 있었다.

……아니, 잠깐만.

……**각각**?

어떤 수단이 뇌리에 떠올랐다.

아니다. 생각이 났다.

아마도 이곳에 있는 사람들 모두가 한 번쯤은 상상해 본 일일 것이다. 그러나 스스로 취소할 수밖에 없었을 것이다. 그런 타개책이 딱 하나 있었다.

"쳇…… 벽의 속도가 더 빨라진 거 아냐?"

"메이 씨, 시간 없으니 짧게 말할게요."

대놓고 혀를 차는 메이에게 그렇게 말을 걸더니, 이스카는 성검의 칼끝으로 에이도스를 가리켰다.

"시간이 없어요. 저놈을 30초 내로 해치워야 합니다. 안 그러면 우리가 타 죽어요."

"그래. 그러니까——."

"협력해주세요."

"뭐? 아니, 난 처음부터 그러고 있었는데?"

"저 말고요."

자신의 뒤쪽.

이스카는 검은 머리 소녀에게도 들릴 정도로 크게 이야기를 계속했다.

"키싱과 메이 씨가 협력하는 겁니다. 그러면 저놈의 재생력을 뛰어넘을 수 있어요."

"뭐?!"

"저놈을 완전히 소멸시킬 정도의 화력이 필요합니다. 저를 제외하고."

"아니, 이스카야, 잠깐만?!"

메이가 입을 반쯤 벌리고서 말했다.

"농담하는 거냐? 마녀와 협력하라고? 나로선 이 아가씨를 살려 두는 것만으로도 사상 최대의 양보를 하는 셈이야. 그런데⋯⋯!"

"이제는 그런 국면이 아니에요."

⋯⋯저놈은 나와 싸우는 것을 철저히 피하고 있다.

⋯⋯성검 없이 순수한 파괴력만으로 저 재생력을 뛰어넘어야 한다.

곁눈질로 옆을 힐끗 봤다.

바로 옆에 달의 왕녀가 다가와 있었다.

"이스카⋯⋯ 저도, 아무리 당신의 명령이라도⋯⋯."

"용납할 수 없는 것은 어느 쪽이야?"

"네?"

"제국군과 지금 일시적으로 손을 잡는 것과, 그것도 못 하고 일리티아를 해치우지도 못한 채 쓰러지는 것. 네가 정말로 용납할 수 없는 것은 어느 쪽이야?"

"⋯⋯!"

"이제는 네가 정해."

왕녀를 내버려 두고 이스카는 지면을 박차면서 에이도스를 향해 뛰어갔다.

대답을 기다리진 않았다.

기다릴 시간 따윈 전혀 없었다. 칼질 한 번이라도 좋다. 단 한 번이라도 좋으니까. 성검이 닿는 거리까지 도달하기만 하면 된다.

『fuse.【감옥】』

"윽?!"

머리 위의 기척을 눈치채고 쳐다봤다.

그런 이스카를 향해, 천장의 결계에서 불기둥이 수십 개나 떨어지고 있었다.

불의 쇠창살.

이스카와 에이도스 사이를 가로막는 바리케이드로서, 활활 타는 기둥이 잇따라 지면에 푹푹 꽂혔다.

"방해된다!"

불의 감옥을 비스듬히 베어내고, 불과 불 사이의 경계를 이루는 균열을 향해 돌진했다.

그러나——이스카가 발을 멈춘 한순간에 에이도스는 좀 더 뒤로 물러났다. 거리를 좁히고 싶어도 자꾸만 불기둥이 떨어져 바리케이드가 되었다.

거리가 좁혀지지 않는 추격전.

그때 저 멀리 뒤에서 소녀의 결사적인 포효 소리가 울려 퍼졌다.

"……해방! 가시 용!"

거대한 기척.

그것은 키싱이 소환한 모든 가시가 모여서 「발 없는 용」으로서 현현한 것이었다.

"모조리 잡아먹어!"

가시 용이 비상했다.

이스카의 뒤에서 나타나 그 옆을 똑바로 지나쳐 가면서, 앞길을 막는 불의 감옥을 모조리 먹어 치우는 것처럼 날려버리더니 그 안쪽에 있는 에이도스를 콱 물었다.

『━━━━ㅇ ㅇ ㅇ ㅇ ㅇ!』

괴물의 절규.

그리고 둘 다 소멸. 에너지를 다 써버린 가시 용이 사라져가는 지상에서는, 용에게 물어뜯긴 에이도스가 오른쪽 반신을 잃은 채 쓰러져 있었다.

"…………윽…… 아…… 한동안은…… 텅 빈, 상태예요……."

달의 왕녀가 무너져 내렸다.

거칠게 숨을 헐떡이면서 바닥에 무릎을 꿇었다.

"……제가, 도움이……."

"충분히 됐어!"

가시 용이 지나간 길.

앞길을 막고 있던 불기둥은 깡그리 날아가 버렸다. 그 앞에는 반신을 잃은 에이도스가 땅바닥에 쓰러져 있는 것이 보였다.

드디어 궁지에 몰아넣었다.

최후의 한 걸음. 이스카가 저놈을 공격할 수 있는 거리에 도달하기 일보 직전까지 왔을 때━━.

『읏!』

태양의 에이도스가 도약했다.

오른쪽 반신을 잃었는데도, 간신히 남아 있는 꼬리를 용수철처럼 써서 결계의 천장 근처까지 뛰어오른 것이다.

——제한 시간.

사방에서 다가오는 불의 벽이 키싱의 바로 뒤까지 와있었다.

그리고 소녀는 기진맥진해서 움직이지 못했다.

에이도스를 뒤따라 점프하면, 키싱은 불꽃에 휩싸일 것이다. 그러니까 이스카는 여기서 멈춰 서서 키싱을 도와줄 수밖에 없다. 그런 상황을 예상한 도약이었는데——.

"가르쳐줄까? 내 별명이 『쏟아지는 폭풍우』인 이유를."

공교롭게도 그 대사는.

과거에 다름 아닌 가시의 마녀 키싱을 향해서 뱉은 것이었다.

그러나 지금은 달랐다.

이 순간, 오직 이때만, 앞으로 평생에 딱 한 번. 「쏟아지는 폭풍우」의 탄환은 마녀를 피해서 그 너머에 있는 표적을 향해 발사됐다.

"루인드 킹 허리케인, 모조리 날려버려라."

탄환의 폭풍우.

전자 제어형 36연발 기관포에 내장된 모든 탄환이 탄막의 범주조차 뛰어넘은 은색 폭풍우로 변해서, 허공으로 도망친 거인을 집중 포격했다.

키싱이 다 없애지 못하고 남겨뒀던 반신을, 한 조각도 남김없이 날려버렸다.

이윽고 총알이 다 떨어지자.

마지막으로 남은 태양의 반점을———.

"끝이다."

메이가 투척한 군용 나이프가 꿰뚫었다.

그 단말마조차도 요란한 총성의 울림에 묻혀 사라졌고.

태양의 에이도스는 완전히 소멸했다.

가시와 총탄의 이중 포화.

그 극대의 섬멸 능력이, 불멸이나 마찬가지였던 재생력을 철저히 깨부순 순간이었다.

3

"아아— 기분 나빠."

땅에 떨어진 나이프를 집어 드는 메이.

이어서 날카로운 눈빛으로 하늘을 쳐다봤다. 결계가 사라진 상공을.

"마녀를 도와주는 꼴이 되었잖아. 리샤한테는 말하지 마, 알았냐?"

"알았어요."

이스카는 쓰러진 키싱을 등에 업고 천천히 몸을 일으켰다.

"별의 백성의 마을로 가서 합류할까요?"

"뭐, 하는 수 없지. ……아, 진짜 귀찮아. 한숨 돌리지도 못하겠네."

투덜거리면서도 메이가 앞장서서 걸음을 뗐다.

자신이 키싱을 업고 있으니까. 그걸 고려해 자발적으로 행동한 것이리라.

"메이 씨는 의외로 부하를 아끼시는 것 같아요."

"뭐? 난 언제나 다정한 상사인데?"

메이가 당연하다는 듯이 대꾸했다.

"난 제국군한테는 다정해. 동료니까. 이스카야, 너도 그렇잖아?"

"……음, 그렇죠."

"하지만 황청은 아니야. 그렇지?"

그 말은——.

자신이 업고 있는 달의 왕녀에게 하는 말일 것이다.

"다 알아. 황청에서는 왕가의 혈맥이 왕위 쟁탈전을 벌이고 있잖아? 각 왕가가 부대를 소유하고 각자 파벌 싸움을 벌이고 있다던데."

"…………그렇습니다."

"허무하네."

"그것이 숙명이라고 숙부님이 말씀하셨습니다."

등에 달라붙어 있는 키싱이 톡 하고 이마를 등에 댔다.

"왕가는 서로 싸우면서 발전해왔다. 조아만 그런 것이 아니라 루와 히드라도 마찬가지다. 그렇게 말씀하셨습니다."

그런데——.

여기 있는 세 사람은 당연히 알 수 없었다.

메이나 달의 왕녀 키싱이 알고 있는 「파벌 싸움」의 영역을 완전히 뛰어넘은 사상 초유의 왕가의 사투가, 바로 지금 극에 달해 있다는 것을.

━━━━━━

마녀 일리티아의 『별의 레퀴엠』.

그것의 가장 무서운 점은, 어떤 수단으로도 막을 수 없다는 점이다.

귀를 막는 것은 물론이고 두꺼운 헬멧으로 머리를 뒤덮어도, 전차 속에 숨어도, 설령 강철 요새 속에 은신하더라도 소용없다. 그것은 모든 벽에 침투해서 침략한다.

그리고 「마음을 파괴한다」.

단 한 소절만 들어도, 아무리 강한 자라도 저항 불능의 혼수상태가 된다. 이 주문에 의해 일리티아는 전 인류에 대해 절대 무적의 존재가 되었다.

　분명히 그럴 텐데.

『……어머나. 무슨 재주를 부린 거죠?』
　칠흑의 그림자 같은 괴물.
　그 마녀가 처음으로 좀 낭패한 모습을 보여준 순간이었다.
『가면 경과 조아의 부대가 쓰러졌고, 제국군 기지에서도 수십 명이나 되는 제국 병사들이 쓰러졌습니다. 우스울 정도로 무력하게 쓰러졌다고요.』
　“＿＿＿＿＿.”
『내 노래가 닿지 않았나요?』
　“＿＿＿＿＿.”
　그 대답은 거친 숨소리였다.
　무력하게 쓰러진 히드라 집단. 그중에서 겨우 세 사람만, 아니, 세 사람**이나** 흙투성이가 된 채 일어나고 있었다.
　당주 탈리스만.
　왕녀 미젤히비.
　마녀 비소와즈.
　사실 비소와즈에 한해서만은 마녀도 '다시 일어날지도 모른다' 고 예상했었다.

그들은 같은 힘을 주입한 마녀니까.

재앙의 힘으로 공격해봤자, 같은 마녀라면 내성이 있는 게 당연할 것이다.

그런데 전자의 두 사람이 이해가 안 갔다.

『어떻게 다시 일어난 거죠? 하기야 탈리스만 경이라면, 뭔가 비밀이 있을 테지만.』

"······비밀, 이라."

가슴을 붙잡고 일어나는 당주 탈리스만.

아직 괴로운 것처럼 얼굴을 일그러뜨리고 있었지만, 대지를 딛고 선 발에는 힘이 실려 있었다.

"무시무시한 힘이구나. 이 세상에서 가장 무서운 침략의 노래야. ······그리고 미리 말해두고 싶은데. 나는 이 순간까지 자네의 노래를 몰랐어. 완전히 준비가 부족했지. 그러니까 이렇게 다시 일어난 것은, 행운이라고 할 수밖에 없어."

『······뭐라고요?』

마녀의 음성에 의심이 깃들었다.

별의 레퀴엠에 대항할 방법은 준비하지 않았다. 그렇다면 행운이란 것은 대체 뭔가?

왜 마음이 파괴되지 않은 거지?

『행운의 정체. 괜찮다면 그 비밀을 가르쳐주실 수 있을까요?』

"자네가 말했잖아. 마음을 지키는 방패는 없다고."

당주 탈리스만은 몸을 앞으로 숙이고 비틀거리면서 처음으로 호전적인 미소를 지었다.

자기 가슴을 꾹 누르면서.

"존재했던 거야. 마음을 지키는 방패가."

『……설마?!』

마녀는 눈앞에 있는 두 사람을 쳐다봤다.

당주 탈리스만과 왕녀 미젤히비. 이 두 사람에게만 존재하는 공통점이 있었다.

『……성령!』

"그래. 나와 미지의 성령만 우연히도 조건을 만족시켰던 거야."

성령과 재앙은 상극 관계.

말하자면 불과 물 같은 관계였다.

별의 레퀴엠이 재앙의 힘이라면, 성령으로 대항하는 것은 **이론 상 가능하다**고 볼 수 있다.

──현실적으로는 불가능.

왜냐하면 성령 에너지는 성문에 집중되기 때문이다.

앨리스의 성문이 「등」에 있고, 키싱의 성문이 「눈」에 있듯이.

성령 에너지는 성문에 집중된다.

고로 별의 레퀴엠에 맞서서 **몸을 지킬 수 있는 것은, 성문이 있는 부위밖에 없다.**

"……자네의 주문은 온몸의 사방팔방에서 파고 들어왔어."

탈리스만이 한 손으로 앞머리를 쓸어 올렸다.

"조아의 정예부대가 괴멸된 것도 이해가 가. 성령 에너지로 보호되는 성문은 예외로 치더라도, 자네의 주문은 온몸에 스며드는 맹독이니까."

성문은 몸의 극히 일부에 불과하다.

그리고 마녀의 주문은 사방팔방에서 온몸으로 침투하기 때문에, 이 기술은 성령술사를 비롯한 모든 인간에게 반드시 명중하는 필살기다.

분명히 그럴 텐데——.

『미젤히비 왕녀. 당신은 역시 내 천적이구나.』

"……아무래도 그런 것 같네."

한쪽 무릎을 꿇고 있는 왕녀가 고개를 들었다.

주문의 고통이 남아 있는 것이리라. 한쪽 무릎을 지면에 댄 채 일어나지는 못하고 있었는데, 그래도 그 이마에 떠오른 성문은 더욱 환하게 빛나고 있었다.

광휘의 성령——.

이 성령은 **성령 에너지를 극한까지 증폭시킨다.**

그 힘을 남에게 나눠주는 것뿐만 아니라, **미젤히비 본인 안에서 순환시키는 것**도 가능했다.

"나 자신의 성령에 감사해. 이 세상에서 가장 고상한 힘……."

광휘의 특성이었다.

왕녀 미젤히비의 온몸에서 순환하는 강대한 성령 에너지가, 일리티아의「노래」를 막는 면역 기구로서 작용한 것이다.

그리고 또 한 사람——.

"숙부님. 역시 숙부님도 굉장하시다는 말밖에 못 하겠네요."

"아니, 이건 우연이었어. 미지. 다만 굳이 말하자면 이것이야말로 별의 의지일 테지."

당주의 미소.

그렇다. 탈리스만의 「파도」도 마찬가지로 **전신 강화**.

성령 에너지를 몸에 두르고, 그것을 물리 에너지로 변환시킨다.

——그렇기 때문에 천적.

사방팔방에서 온몸을 침략하는 주문에 대해, 조아로서는 대항할 방법이 없었다.

그러나 히드라는 달랐다. 탈리스만과 미젤히비의 성령이 뜻밖에도 마녀의 주문에 대한 내성을 갖고 있었던 것이다.

"하하! 기분이 어때, 일리티아?!"

미젤히비가 포효했다.

"당신이 자랑하던 술수가 이렇게 허무하게 힘을 잃었어. 자, 어쩔래? 다음에는——."

구제 불능의 바보구나.

대기가 떨렸다.

단 한 명의 마녀가 드러낸 분노 앞에서 벌벌 떠는 것처럼.

『정말…… 정말…… 바보구나. 이 세상에서 최저, 최악으로 어리석은 자…….』

"——흐윽?!"

그 모습과 그 목소리에.

미젤히비 왕녀는 난생처음으로 공포에 질려 말문이 막혀버렸다.

새까만 그림자 괴물한테서 새빨간 눈동자가 생겨난 것이다. 핏발이 선 듯한 빨간 눈동자가 희번덕거리며 이쪽을 내려다봤다.

극도로 차가운 그 눈빛을 보자, 마치 심장을 콱 쥐어짜는 듯한 공포가 밀려왔다.

『왜 굳이 버텨낸 거야?』

"…………뭐?"

『이 노래는 내가 가진 기술 중에서 가장 다정하게 상대를 해치우는 자비의 기술이었어. 그런데 **당신들이 쓸데없이 버티는 바람에**, 나는 지금부터 훨씬 더 잔인한 방법으로 당신들을 파괴해야 하게 되었어.』

마녀의 손톱이 순식간에 기괴한 형태로 늘어났다.

『아름답게 잠들게 해주려는 그 자비. 미젤히비, 당신은 그것을 이해하려고 하지도 않고 모욕했어. 그러니 더 이상 온정은 베풀지 않겠어.』

"…………아…… 아아……?"

말이 나오지 않았다.

——마음속 어딘가에는.

——자신은 아직 루 가문의 일리티아 왕녀와 싸우고 있다는 생각이 남아 있었다.

그것이 실수였다.

눈앞에 있는 것은 사람이 아니었다. 그저 재액의 화신이었다.

『마음이 파괴되지 않는다면, 이제는 육체를 엉망으로 파괴하는 수밖에 없잖아? 안 그래, 미젤히비?』

진정한 의미에서 이해했다.

그리고 너무 늦었다는 것도 깨닫고 말았다.

자신은 지금부터 파괴될 것이다.

상상도 못 할 정도로 잔인하고, 아프고, 괴롭고, 무서운 방식으로.

『아하하. 아직 익숙하지 않아서 좀 과하게 할지도 몰라. 이런 딸의 모습은 어마마마께는 도저히 보여드릴 수 없을 거야.』

쥐 죽은 듯이 조용해지는 대지.

미젤히비는 공포로 몸이 굳어서 손가락 하나 움직이지 못했다.

비소와즈도 마찬가지였다. 자신이 실패작이기 때문에, 완성형과의 실력 차이를 그 누구보다도 명확히 느끼고 있었다. 그래서 소리도 못 내고 땅바닥에 주저앉아 있었다.

무저항.

마녀에게 유린당할 운명인 것이다. 둘 다 그런 현실을 받아들였고——.

"완전히 힘에 취해버렸구나."

흙먼지가 일었다.

한없이 위축된 두 소녀의 앞을 가로지르면서, 당주 탈리스만이 마녀에게 돌진한 것이다.

『탈리스만 경?』

그 모습에──.

마녀는 어리둥절하여 고개를 갸웃거렸다. 마치 이상한 것을 보는 것처럼.

『왕녀를 감싸려고? 아아, 참으로 정열적이네요! 하지만 그 우직한 돌진으로는 나를 막을 수 없어요.』

"물론이지."

목숨을 건 몸통 박치기.

훨씬 덩치가 큰 탈리스만의 돌격으로도, 마녀의 육체에 물리적인 충격은 줄 수 없다.

찰박. 몸의 표면에 약간 잔물결이 일었을 뿐이다.

"지금의 자네는 그야말로 켈비나가 두려워하던 존재야. 자네는 원하는 대로 세계를 유린할 수 있을 테지. 모든 인간이 자네를 두려워할 거야."

『맞아요. 나는 그런 마녀가 되고 싶었어요.』

"그래서 켈비나는."

어깨와 어깨를 맞대면서 마녀와 밀착한 자세.

히드라의 당주가 오른손을 크게 들어 올린 것은 그때였다.

"자네를 막기 위한 비장의 카드를 준비했어."

……푹.

탈리스만이 주먹을 내리치자, 일리티아의 목덜미에 뭔가가 꽂혔다.

그것은 주사기였다.

연보랏빛으로 빛나는 액체가 주삿바늘을 통해 일리티아에게 주입됐다.

『으웃?!』

마녀가 눈을 동그랗게 부릅떴다.

미지의 액체라서?

아니다. 본 적이 있는 거라서 전율한 것이다.

"켈비나가 연구소에 남겨둔 재액의 힘의 추출물이야. 보통 1,000배 이상으로 희석해서 투여하는 건데, 일리티아 군, 켈비나가 자네에게 투여한 농도는 51%였다고 하더군."

마녀 비소와즈는 농도 0.0002%가 한계였다.

마녀 일리티아는 농도 51%까지 견뎌냈는데, 이것은 비정상적인 수치였다.

그 누구보다도 재액과의 친화성이 높았다.

그래서 일리티아는 누구보다도 강한 마녀로 진화했다.

그러나——.

"지나친 것은 모자란 것과 같다."

『……설마…….』

마녀의 목소리가 떨리기 시작했다.

두려움? 그런 게 아니었다. 이미 그 육체에는 이변이 일어나고 있었다.

"원액이다. 일리티아 군. **자네가 적응할 수 있는 한계를 뛰어넘**은 100%의 추출물이, 자네의 육체 안에서 날뛸 거야."

『~~~~~~~~~~~~~~으으읏?!』

"과잉 투여다."

마녀의 온몸이 바들바들 경련하기 시작했다.

눈앞에 있는 탈리스만에게는 신경 쓸 여유도 없었다. 몸을 앞으로 확 구부리면서 하늘을 우러르듯이 양팔을 벌리더니——.

마녀의 온몸에서 끝없는 절규와 검은색 기류가 터져 나왔다.

Epilogue.1

『무슨 일이 일어난 거야?』

the War ends the world /
raises the world

날이 밝아간다.

한번은 하늘로 솟구쳤던 성령의 빛이 이제는 태양 빛을 받아 반짝반짝 빛나면서 별의 백성의 마을로 쏟아져 내렸다.

그 환상적인 광경 속에서.

"휴. 간신히 이겼네! 어때, 이스카. 봤어?!"

앨리스는 반짝거리는 이마의 땀을 닦았다.

"그쪽은 태양의 에이도스였나? 이쪽은 달의 반점이 있었으니까, 달의 에이도스라고 부르면 되나. 이 녀석은 환영(幻影)을 낳는 특성이 있었는데, 그 환영을 공격하면 환영이 분열되는 바람에 함부로 총이나 성령술을 쓸 수 없는 강적이었어. 무한 증식하는 환영한테 포위당하는 바람에 나조차도 궁지에 몰렸지만…… 그런데 그때 내 머릿속에 퍼뜩 떠오른 거야! 이 환영은 시스벨의『등불』과 같은 투영 계통이 아닐까? 그렇다면 약점은————…… 아니, 이스카. 내 말 듣고 있어?! 지금이 중요한 대목인데!"

"……응?"

이스카가 이쪽을 돌아봤다.

"왜 그래, 앨리스?"

"왜 그러긴, 내가 지금 내 무용담을 이야기하고 있잖아!"

질문을 던지는 소년 앞에서 앨리스는 당당하게 팔짱을 꼈다.

이스카가 사투를 벌이는 동안——.

앨리스는 또 앨리스 나름대로 이 마을을 습격한 에이도스와 사투를 벌였던 것이다.

"지금부터가 핵심이야. 달의 에이도스를 상대로 내가 어떻게 승리했는지. 그 노력과 우정과 눈물의 역전극!"

"아니…… 미안하지만, 난 미스미스 대장님과 리샤 씨에게 보고해야 해."

"그럼 보고가 끝난 다음에 이야기해 줄게."

"그렇게 이야기하고 싶어?!"

"…………."

그 한마디를 듣고.

앨리스는 의미심장한 눈빛으로 지그시 이스카의 눈을 쳐다봤다.

몹시 불만스럽게.

"으, 응? 왜 그래?"

"됐어. 아무것도 아냐."

고개를 반대쪽으로 홱 돌렸다.

솔직한 진심을 말하자면, "역시 앨리스는 굉장해"란 말 한마디 정도는 기대했었는데…….

"언니!"

"……우읍?!"

누가 앨리스의 두 뺨을 꽉 눌렀다.

뒤에서 뛰어온 동생이 양손으로 누른 것이다.

"시, 시스벨, 뭐 하는 거야?!"

"뭐 하냐고요? 그건 내가 할 말이에요! 애초에 달의 에이도스의 약점을 알아낸 것은 나였고, 환영의 성질이 『등불』과 비슷하다는 것을 눈치챈 것도 나였잖아요!"

시스벨이 허리에 손을 얹고 가슴을 활짝 폈다.

"역시 이 시대의 주인공은 여동생! 언니보다 잘난 여동생이 여기 있다고요!"

"시스벨 님."

그런 시스벨의 등 뒤에서 린이 못 말리겠다는 듯이 한숨을 쉬었다.

"도망치려다가 넘어져서 1등으로 달의 에이도스에게 붙잡히셨잖아요. 목숨을 잃을 뻔한 위기였죠. 그때 구해준 사람은 누굽니까?"

"……그, 글쎄?"

"앨리스 님이었습니다. 앨리스 님이 없었다면 시스벨 님은 밟혀 죽었을 거예요."

"그, 그런 사소한 일은 아무래도 좋잖아? 내가 활약한 것은 사실이니까……. 진, 저기, 진! 그렇죠?!"

"응?"

은발 저격수가 진심으로 귀찮다는 듯이 이쪽을 돌아봤다.

"왜?"

"아까 나도 활약했었죠?!"

"————."

"왜 말을 안 해요?!"

그런 대화를 한 귀로 들으면서.

앨리스는 품속에서 슬쩍 뭔가를 꺼냈다. 황청과 연락할 수 있는 소형 통신기였다.

이 카탈리스크 오염 지역은 개척되지 않은 벽지였다. 전파도 매우 약해서 통신도 거의 불가능했는데.

"……어마마마?"

화면에는 여왕의 착신 이력이 표시되어 있었다.

그것도 여러 개. 전파의 상태가 안 좋아서 수신하지 못했는데, 어쩌다 잠깐 전파 상태가 좋아졌을 때 한꺼번에 통신 기록이 수신된 것이리라.

총 열세 건.

전부 다 지난 몇 시간 사이에 송신된 것이었다. 이 수와 밀도를 보면, 그만큼 중요한 용건이란 것은 확실했다.

……황청이나 왕궁에서 무슨 일이 일어난 건가?

……어마마마가 이렇게 몇 번이나 연락할 정도로 중대한 사건?

도대체 무슨 일이 일어난 거야?

"린."

"네! 왜 그러십니까?"

"이 오염 지역에서 나가면 즉시 어마마마에게 연락할 거야. 기억해 줘."

시종에게 그렇게 고한 뒤 앨리스는 통신기를 꽉 움켜쥐었다.

대체——.

여왕은 자신에게 무엇을 전하려고 한 걸까?

그로부터 한나절 후.

여왕과 통신에 성공한 앨리스는 제 귀를 의심하게 된다.

조아와 히드라.

그 두 가문이 **제국을 향해** 진군을 개시했다는 것이다.

Epilogue.2

『태양』

the War ends the world /
raises the world

앨리스가 여왕의 연락을 받기 한나절 전.

대륙의 북쪽 끝.

별의 중추로 이어지는 그레고리오라는 커다란 굴 앞에서.

마녀 일리티아의 절규가 울려 퍼졌다.

『——————————으으으읏!』

새까만 그림자 같은 육체가 눈 깜짝할 사이에 무너져 내렸다.
그 몸의 표면에서 검은색 기류가 계속 솟구쳤다.

인간의 형태조차 유지하지 못하게 된 것이다.

"⋯⋯⋯⋯효과가 있어⋯⋯!"

아직도 공포에 질려 얼굴이 창백하긴 했지만, 미젤히비는 그
광경을 보고 살짝 주먹을 쥐었다.

저것은 연극이 아니다.

켈비나의 연구는 옳았다. 내성의 한도를 초과한 농도의 힘을
주입하면, 그것은 마녀에게도 맹독이 되는 것이다.

그러나 그 이상으로.

특히 괄목할 만한 것은, 숙부인 당주 탈리스만의 강인함이었다.

″가슴을 붙잡고 일어나는 당주 탈리스만.″

마녀의 주문 공격을 받고 간신히 버텨내서——.

비틀거리면서 일어난 탈리스만은 자기 가슴을 손으로 누르고 있었다. 그것은 누가 봐도 주문 공격의 여파로 괴로워하는 모습처럼 보였을 것이다.

하지만 그게 아니었다.

가슴에 댄 손은, 두근거리는 가슴을 진정시키기 위한 것이 아니었다.

주사기를 움켜쥐고 있다는 사실을 숨기기 위한 것이었다. 그 시점에서 이미 탈리스만은 비장의 카드를 손안에 숨기고 있었던 것이다.

"……진심으로 경모합니다. 숙부님."

"재액은 **자네 편이 아니야.** 일리티아 군."

텅 빈 주사기를 휙 던지는 탈리스만.

그가 바라보는 곳에는 더 이상 원형을 유지하지도 못할 만큼 무너진 마녀가 있었다. 그것이 천천히 바닥에 무릎을 꿇고 있었다.

"자네는 우연히 경이로운 내성을 가지고 있었던 모양인데, 그래서 깜빡 잊어버린 게 아닌가? 재액은 만물에 대해 평등한 재액이란 것을."

『————으읏!』

마녀의 온몸에서 뿜어져 나오는 기류가 빙글빙글 허공에서 소용돌이치기 시작했다.

마치 누에고치처럼.

무슨 일이 일어나고 있는지 미젤히비는 본능적으로 이해했다.

싸우고 있는 것이다.

현재 일리티아는 인간 형태를 유지할 힘조차 아껴가면서 오로지「존재 유지」에만 힘을 쏟고 있었다. 적응 한계를 뛰어넘은 재액의 힘에 버티지 못하고 소멸하기 일보 직전인데도, 그래도 사력을 다해 존재를 유지하려고 하는 중이었다.

소멸이냐, 존속이냐.

"버티지 못할 거야."

무자비한 당주의 한마디.

"재액의 힘을 추출한 원액이다. 설령 자네라도, 소멸 이외의 미래는 없어."

『————…………아……니…….』

"응?"

『……혼자는…… 외로우니까요!』

포효.

마녀의 육체 그 자체인 검은색 고치에서, 무시무시하게 가늘고 긴 팔이 쑥 튀어나왔다. 그 팔이 촉수처럼 탈리스만의 목을 휘감았다.

"헉?!"

『에스코트 부탁해요. 같이 절망을 맛봅시다!』

붙잡힌 탈리스만이——.

검은 기류로 된 누에고치 속으로 무자비하게 끌려 들어갔다.

"숙부니이이임?!"

미젤히비가 손을 내밀었을 때는 이미 모든 것이 늦어버렸다.
검은 기류의 누에고치 속에 갇혀서 탈리스만의 모습은 보이지 않
게 되었다.

그리고——.

당주와 마녀.

검은 누에고치 내부에서, 이 세상의 종말 같은 두 사람의 절규
가 터져 나왔다.

후기

"태양이란 것은 부활의 상징이라고 생각하지 않아요?"

『너와 나의 최후의 전장, 혹은 세계가 시작되는 성전』(너와 나의 전장) 제13권을 읽어주셔서 감사합니다!

이번에는 제국을 주 무대로 삼으면서 황청의 3대 왕가 「루(별)」 「조아(달)」 「히드라(태양)」에 초점을 맞춘 에피소드(전반)를 보여드리게 되었습니다.

이스카와 앨리스의 제국 동거에 키싱이 끼어들기도 하고, 시스벨이 천제의 꼬리에 반하기도 하고. 천수부 안은 참 시끌벅적하겠구나~ 하는 생각이 들었어요.

그 와중에──.

또 하나의 중심인물이 히드라의 왕녀 미젤히비였던 것 같습니다.

12권과 13권에서 조아 가문의 키싱이 자립심을 가지게 된 것처럼, 히드라 가문의 미젤히비도 13권과 14권에서 어떤 식으로든 변하게 될 것 같아요. 이 소녀가 진정한 의미에서 빛나는 것은 아마도 다음 권인 14권이 될 겁니다.

앞으로도 이야기는 한껏 흥미진진하게 전개될 예정이니, 꼭 기대해주시길 바랍니다!

그럼 본편 이야기는 이 정도로 하고요. 중간보고를 하나 하겠습니다!

애니메이션 『너와 나의 전장』 속편 제작 소식을 알려드린 게 지난 12권에서였죠.

구체적인 다음 소식을 전달해 드리려면 시간이 좀 더 걸릴 테지만요. 지금 그 기획이 진행되고 있어서, 저도 열심히 회의에 참여하고 있습니다!

여러분의 기대(+a)에 부응하는 애니메이션 속편이 되기를 바라고 있어요!

네, 그리고 또!

애니메이션과 관련해서 또 하나의 소식을 알려드리겠습니다.

작년에 시작한 새로운 시리즈 『신은 게임에 굶주렸다.』(MF 문고 J) 말인데요. 이쪽도 애니메이션화 기획이 진행되고 있습니다!

작년에는 「이 라이트노벨이 대단해! 2022」에서 종합 신작 베스트 10으로 선정됐는데요. 그에 이어 기쁜 소식을 전해드리게 되었습니다. 이제 막 4권이 나온 신작이니까요. 『너와 나의 전장』과 더불어 이 작품도 재미있게 봐주셨으면 좋겠습니다.

이쪽의 애니메이션 회의에도 매번 참여하고 있습니다. 진심으로 무척 기대돼요.

그럼 다음 소식도 기다려 주시길 바랍니다!

이제 감사 인사를 드릴 차례네요.

이번에도 신세 진 모든 분께 인사를 드리겠습니다.

네코나베 아오 선생님——너무나 미려한 미젤히비의 일러스트를 그려주셔서 감사합니다!

선생님이 묘사하시는 「파랑」의 투명한 아름다움이 정말로 멋진데요. 그 매력이 미젤히비의 머리카락에 듬뿍 담겨 있다고 생각합니다. 그리고 메이의 캐릭터 디자인도 엄청 귀엽고 멋있어서요. 그것도 무척 기뻤습니다!

애니메이션 속편에 관해서도 다시 한번 잘 부탁드리겠습니다!

그리고 담당자 O님, S님——.

원작 소설은 물론이고 평소에 드래곤 매거진 단편이나 애니메이션 속편 관련 작업을 담당해주셔서 정말로 마음이 든든합니다. 올해도 그렇고, 더 나아가 내년에도 최고조로 신나게 분위기를 띄울 수 있도록 계속 힘을 빌려주시길 바랍니다!

그럼 마지막으로 간행 예고——.

다음 권인 『너와 나의 전장』 14권.

『검사 이스카와 마녀 공주 앨리스의 이야기.

태양의 당주 탈리스만과 일리티아의 사투를 통해, 미젤히비 왕녀에게 가장 큰 전환기가 찾아온다.

태양의 왕녀. 그 가장 고상한 힘이 제시하는 미래는——.

한편 제국을 배신한 전직 대장 샤놀로테와 미스미스가 서로 재회하면서 격돌한다.

그리고 마침내 미스미스에게 깃든 성령의 의미가 밝혀진다.』

제국과 네뷸리스 3대 왕가의 격돌, 최종 국면입니다. 놓치지 마세요!

그리고 또 하나.

현재 2권까지 나온 단편집 『너와 나의 전장 Secret File』 3권이 간행될 예정입니다!

14권과 병행해서 진행시키고 있으므로 어느 쪽이 먼저 나올지는 조정 중인데요. 이쪽도 「Secret File」이란 이름에 걸맞은 신작 단편이 게재될 테니, 재미있게 봐주셨으면 좋겠습니다!

자, 그러면——.

22년 초여름, 『너와 나의 전장』 14권 또는 『너와 나의 전장 Secret File』 3권.

(이때 못 나온 것도 서둘러 간행할 예정입니다!)

그리고 『신은 게임에 굶주렸다.』 5권도 최선을 다해 집필 중입니다. 이쪽도 가능한 한 빨리 소식을 전해드리기 위해 노력하겠습니다!

그럼 여러분, 다음에 또 만나요!

그저께 눈이 내렸습니다.
사자네 케이

"잘 봐, 제국 병사 제군.
나는 궁극의 지식을 접했어. 이것이 별의 신비야!"

당주 탈리스만과 일리티아의 사투를 통해, 태양의 왕녀 미젤히비에게 가장 큰
전환기가 찾아온다.
그리고 같은 시각. 제국을 배신한 전직 대장 샤놀로테와 미스미스가 서로
재회했다. 그리고 충돌이 시작됐다.
제국을 무대로 별과 달과 대양이 만나면서 .

지고의 마녀와 최강의 검사의 무도, 제14막.

태양이여, 가장 고상한 미래를 나에게 보여 다오!

너와 나의 최후의 전장,
혹은 세계가 시작되는 성전

14

KIMI TO BOKU NO SAIGO NO SENJO, ARUIWA SEKAI GA HAJIMARU SEISEN 13
©Kei Sazane, Ao Nekonabe 2022
First published in Japan in 2022 by KADOKAWA CORPORATION, Tokyo.
Korean translation rights arranged with KADOKAWA CORPORATION, Tokyo.

너와 나의 최후의 전장, 혹은 세계가 시작되는 성전 13

2024년 7월 15일 1판 1쇄 발행

저　　　　자	사자네 케이
일 러 스 트	네코나베 아오
옮 긴 이	한수진
발 행 인	유재옥
이　　　　사	조병권
출판본부장	박광운
편 집 1 팀	최서영
편 집 2 팀	정영길 박치우 정지원 조찬희
편 집 3 팀	오준영 권진영 이소의
디자인랩팀	김보라 박민솔
디지털사업팀	박상섭 김지연 윤희진
라이츠사업팀	김정미 맹미영 이윤서
영업마케팅팀	최원석 박수진 이다은
물 류 팀	허석용 백철기
경영지원팀	최정연
인쇄제작처	㈜코리아피엔피
발 행 처	㈜소미미디어
등　　　　록	제2015-000008호
주　　　　소	서울시 마포구 토정로222, 502호 (신수동, 한국출판콘텐츠센터)
판매 및 마케팅	(070) 8822-2301

ISBN 979-11-384-8386-5
ISBN 979-11-6190-511-2 (세트)